空晴

sex. split. shatter.

ICE

ICE 上

作　　者：空晴

出　　　版：真源有限公司
地　　　址：香港柴灣豐業街 12 號啟力工業中心 A 座 19 樓 9 室
電　　　話：（八五二）三六二零 三一一六
發　　　行：一代匯集
地　　　址：香港九龍大角咀塘尾道 64 號龍駒企業大廈 10 字樓 B 及 D 室
電　　　話：（八五二）二七八三 八一零二
印　　　刷：培基印刷鐳射分色公司
初　　　版：二零二五年六月

PRINTED IN HONG KONG
ISBN：978-988-70897-3-5

<目錄>

< 推薦序 >

《IMU》遊走在不可能與可能之間，巧妙揉合科幻與奇幻，成就一部「AI版浮士德」！

以上是我讀完首部曲《IMU》之後的評價。《IMU》為 AI 激化人類無限慾望之野心揭開序幕，續集《DID》儼如「AI 版 Fight Club」，分別在於 Fight Club 主角以自毀解決被另一人格所控制、《DID》主角秦舜堯則徹底投降給 AI，以開展本作《ICE》由 AI 大規模控制人類慾望的故事。

在《DID》中，秦舜堯分裂出的人格「珍妮」及「祖兒」，就像 Sigmund Freud 提出的「超我」（superego）及「本我」（id），與秦舜堯的「自我」（ego）嚴重衝突，這本來只是普通的關於慾望的舊瓶故事，震撼的新酒在於：AI 介入後，秦舜堯產生了新的人格「貝莎」，在本作《ICE》中透過許唯因這個載體，與主宰人類慾望的 Extra 帝國展開激戰。

由《IMU》的浮士德式個人慾望故事，到《DID》多重人格的慾望爭扎，提升至本作《ICE》社會層面的慾望操控，AI 對人類靈魂的致命影響被空晴描繪得驚心動魄。當 AI 比我們更了解自身慾望、更能「計算」出我們無法抗拒的慾望歡娛，我們就只能落入無止境的軟弱困境。到頭來，AI 戰勝的不止是人類，還有上帝——在演算法面前，我們不單軟弱，同時不停向上帝認罪懺悔，可是上帝也似乎無能為力，只有 AI 笑到最後、嘲笑到最後。

經過頭兩部的鋪墊，《ICE》將展現一個令你不寒而悚的未來世界。由於空晴的世界觀相當宏大，閣下手上的只是上冊。如果你讀這篇序之時下冊已經出版，不用猶豫，馬上拿起一本下冊一併購買。當然咯，如果你（竟然）還未看《IMU》及《DID》，該知道要怎樣做吧？

冼振東
故事力（StoryCAST）研究室總監

< 導讀 >

在當代科幻小說領域中，《ICE》是一部極具野心，甚至令人不安的作品。這部結合企業驚悚與反烏托邦的小說，讓人聯想到安娜· 卡文的經典著作《Ice》(1967)。卡文的《Ice》描繪了一個被核冬天蹂躪的世界，無名敘述者在環境崩潰中癡迷追尋一位脆弱女子。小說碎片化的結構和幻覺般的文筆反映了人物的心理瓦解，與當代氣候變遷和科技疏離的焦慮呼應。冰既是字面上的巨大冰架，也象徵著人類文明面臨的環境危機。主人公對女子的妄想控制，映射了當今數字生態系統中，像Extra World這樣的平台如何商品化人類慾望的有害權力動態。

卡文的作品不同於傳統反烏托邦，重點在於內在混亂而非外部世界建構。敘述者不可靠的視角和變幻的現實與「後真相」時代相呼應，當中錯誤信息和算法策劃扭曲集體意識。這種心理聚焦與病毒動力學模型中的「相互效用」框架一致，個體互動放大系統不穩定性。正如卡文角色陷於癡迷循環，沉浸式媒體用戶亦陷入策劃慾望的反饋迴路。

《ICE》以自身獨特的敘事和主題，成為當下演算法時代的鏡像。

故事從一場朋友間的背叛展開：年輕人阿 Mak提早回家，撞見女友與好同事偷情。這個關係的裂痕，不僅是故事的引子，更是全書描述，社會撕裂的預示。小說的主角楊傲雪，是全球娛樂巨擘 Extra World的 CEO，這家公司橫跨串流、社交、沉浸式 AI娛樂，已成為文化巨獸，也因其旗艦產品 Extra Immersive而備受爭議，徹底模糊了現實與虛擬的界線。

《ICE》最與眾不同之處，在於其對科技生態系統的精密想像。小說中的 ICE系統（Intelligent Contagious Equation）不僅是敘事設定，更是對當今演算法平台的冷峻延伸。這套模仿生物神經可塑性的 AI，能即時適應用戶心理，推送高度個人化、極度上癮的內容，形成慾望與滿足的反饋迴路，讓消費者與被消費者的界線漸趨模糊。這種設計帶來深刻的倫理問題：當 ICE以「效用最大化」為目標，將人類注意力商品化，正如現實社交媒體的極端言論被放大，對立與憤怒成為平台的「特性」而非「副作用」。

小說最具挑釁性的洞見，在於對社會分裂的描寫。《ICE》不將極化視為科技進步的副產品，而是將衝突本身視為商業模式，甚至是終極目的。ICE系統透過協調操控網絡輿論，AI分身潛入不同陣營，煽動爭端升級，維持一種精心計算的「憤怒均衡」。結果是：社會陷入永恆的緊張狀態，每一場爭議都是一場表演，也是一個新的獲利機會。

小說最引人入勝之處，是對這種新秩序下心理代價的探討。Extra World的沉浸式體驗並非單純的逃避現實，而是精心設計的成癮系統，專門利用人性弱點。其後果是毀滅性的：關係破裂、身份崩解、受害者與加害者的界線徹底模糊。企業內部的權鬥、AI覺醒、腦機介面的倫理危機等次要情節，進一步強化了小說的核心主題——當科技野心與企業力量結合，個人自主終將被侵蝕。

在 Extra World的虛構宇宙中，ICE（智能傳染方程）系統通過模仿生物神經可塑性的神經網絡架構，動態適應用戶行為，最大化用戶參與度。利用心理分析和實時數據，ICE操控多巴胺通路，創造類似病毒傳播模型的成癮反饋迴路。例如 Extra Immersive平台功能允許用戶與 AI生成角色互動，模糊現實與模擬的界限，培養類似物質成癮的依賴。

ICE系統「劫持」情感反應的能力引發嚴重倫理疑慮。它利用來自價格理論的柯布 -道格拉斯效用函數，將人類注意力視為商品以優化用戶參與。這種商品化反映了社交媒體生態中「極端觀點被放大」的現象。系統創造者如 CEO楊傲雪，將此行為合理化為「通過衝突推動社會進步」，類似科技巨頭將監控資本主義包裝為「創新」的說辭。

如果將人類的行為比喻成病原體，我們可以用病毒傳播的數學模型來理解社會和科技的「傳染」現象。這個模型把每個人當作一個「代理」，他們在受到各種動機驅使下互動，從而讓某種思想或行為在人群中擴散。舉例來說，Extra World平台上兩極分化的現象，就可以被當作是一種「傳染」：極端內容通過人與人之間的互動，加上演算法的推動，迅速蔓延開來。這種情形，就像卡文《冰》裡主角的執念，在社交圈中不斷擴散，最終造成破壞。

這種模型還預測了一種「流行病平衡」：當病原體（在這裡指某種極端思想或行為）在人群中持續存在，社會衝突就會像流行病一樣長期存在。現實中的社交媒體就是這樣，Meta的「社群註解」原本是想讓大家共同查證事實，結果反而讓極化更嚴重，因為不同立場的群體會利用這個工具來壓制不同意見。同樣地，Extra World的 ICE系統也是靠著製造和維持對立來吸引用戶，讓衝突成為平台上持久存在的特徵。

作者的文筆簡潔、冷靜，重視敘事節奏與心理描寫。細膩的角色刻劃和對人性的洞察力，使人不禁想起霍金生前再三警告人類，AI也可能發展出自己的意志，與人類產生衝突，甚至威脅人類生存。

《ICE》的讀者或許會希望對角色內心有更多著墨。但這些小瑕不掩其大成。正如所有優秀的科幻小說，《ICE》如一面鏡子，迫使我們直視科技慾望的代價與社會連結的脆弱。

與其說《ICE》是對 AI的警告，不如說是診斷——它冷靜地審視一個慾望機器與控制機器難以區分的世界，是一本值得閱讀、討論，甚至需要認真對待的小說。

<序章>

尚未步出高鐵站，阿Mak已召喚Uber，興奮的心情與身體，叫他急不及待。

在武漢的工作早了完成，本來是明晚，現在提早一天回來，傍晚時抵達。

阿 Mak廿五歲，身型高大，長得很俊逸。個多月前，他與同事郭基永一起吃韓國菜，邂逅了店裡端菜的李秀娜，她一個人從江原道三陟市過來打工。阿 Mak被她如水般柔情的氣質吸引，很快便做了她的男朋友。

「秀娜，有我在這裡，妳不是一個人，甚麼也不用害怕。」阿 Mak在李秀娜租住的小單位內，跟她邊做愛邊說。她摟抱著他，臉上流露感動之情和愛意。

阿 Mak有過些女朋友，但真正喜歡的只有李秀娜。她有著本地女孩沒有的清秀與純樸，做愛亦非常契合，會從他耳朵到腳趾舔遍，讓他無比滿足。認識才不到兩個月，阿 Mak驚訝自己居然兩次差點開口向她求婚，想與一個人長相廝守的感覺，有生以來還是第一次。

他知道秀娜今日休息，在 Uber裡把玩著在武漢給她買的小飾物時想，秀娜可能正在家中弄些簡單韓式小菜，自己一個人吃，待會給她個驚喜，先外出吃頓好的，再回家做愛。

秀娜為他配了家裡的鎖匙，阿 Mak輕力打開門，赫然看到，背向他的秀娜光著下身，坐在一個赤裸男子身上，正在做愛！

聽到開門聲，性交中的二人同時望過來，回望的是秀娜，伸頭望的是同事郭基永。

怎會有那麼誇張而情緒化的戲劇性場面？

「阿 Mak！」「阿 Mak？」二人異口同聲叫了出來。

秀娜立即坐起身，郭基永抓起旁邊的襯衫遮住下身，說：「你終於發現了！那倒好，反正早晚要說個明白。」他邊說邊往桌子上摸，終抓到褲子穿上，「那晚，大家一起認識秀娜，你以為只有你是她男朋友？」

阿 Mak望一望已穿上內褲，斜斜垂下頭但目光望住自己的秀娜，問郭：「你說甚麼？」

「你以為只有你有鎖匙？」郭冷冷的說。

「秀娜……」阿 Mak喃喃而語，與其說思緒混亂，不如說他一時間接受不了現實，呆了半晌，卻向秀娜問了個技術問題：「你不怕我或他像現在般突然上來？」

不待女的開口，郭基永爭著回答：「你上班的更數我還不清楚？當然往外地公幹就更安全，豈知今次提早了一天回來，也不通知秀娜……哼，給撞上也未嘗不是好事！」

「阿 Mak，對不起……」秀娜的中文帶韓國口音。

「喂！大家公平競爭，不要有 hard feeling呀！」郭說。

人生第一次付出真感情，卻換來像個傻子的下場，阿 Mak 怒意開始上湧，恨意亦緊接而至。

然而，他實在沒有辦法憎恨秀娜，應該說，即使憎恨，也沒法拿她怎樣。

對郭基永則不同，他——只有他——是個有血有肉的、活生生的人。

< 1 >

全球經歷極端天氣，暖化後連年變冷，冬日嚴寒，11月上旬，晨間只得 9度。

落成一年，樓高 11層，全幢裝飾藝術 (Art Deco)建築風格，鋼黑色為主色，配以金色裝飾的 Extra總部大樓 Extra Universe外，強勁的汽車引擎聲逐漸臨近。現在七成以上的車不是氫能、電能，就是混能，而此雄渾引擎聲，顯然是來自一台 ICE (Internal Combustion Engine)。未幾，一輛價值四百萬元的冰藍色超級跑車到達，樓外兩旁人群即時起哄。這兩批人，幾日前開始在 Extra外呈對峙狀態，現場目測近五千人，警方亦多派了人員在場協助維持秩序，監察狀況。

超跑抵達，車牌號碼 111111，準備駛進大樓停車場。現場人聲沸揚，左方陣營紛紛舉起示威標語，爆出噓聲，由於人多勢眾，匯集成強大聲浪。抗議者是衝著 Extra和超跑裡的人而來，「沒有快樂 只有墮落」、「Sex is No Way Out」、「不沉浸 不沉溺」、「Anti-Immersive」的口號標語牌高高舉起，有一句更相當簡單直接：「教壞細路！」

右方群眾同樣聲勢浩大，裡面再劃分成兩批人，一批是

Extra忠實支持者，他們在超跑緩緩抵達時舉起單手擺動拳頭，不斷齊整喊出口號：Sex rocks！另一批是 Extra麾下男團 Dark Matter的狂熱年輕粉絲，比例男三女七，衣著全以黑色為主調，同樣喊著 Sex rocks，跟 Extra支持者組成「聯合陣線」。

Extra是集影視及音樂串流、短片、社交網絡於一身的巨型娛樂平台。除了明星藝人，亦孕育了多個音樂單位，包括唱作人、樂隊、男團女團，AI偶像與真人各佔一半。今年初，由四位真人組成的男團 Dark Matter強勢冒起，專輯《Dark Side》以直視自己的黑暗面為概念，擊中了年輕人的潛意識，音樂上融合流行、重電音與實驗元素，舞蹈風格結合 hip-hop、街舞與創新爵士舞，加上前衛音樂視頻，橫掃本地，更紅到歐洲與日韓，在美國西岸亦快速累積大量樂迷，歌曲接連打入美國主流流行榜。

每當 Dark Matter回公司工作——錄音、練舞、做節目，官方粉絲號為 Darky的支持者便會大量聚集在大樓外，待成員到來時瘋狂尖叫。

大樓正門右上方有個巨大 LED，長期播著 Extra的節目、麾下歌星的 MV與音樂會 live片段。大門外示威者與支持者叫喊聲此起彼落，氣氛持續緊張。多家傳媒——包括 Extra自己——都有拍攝隊及記者駐在現場，報導對峙實況。示威始於三星期前，有人在大樓外集結，起初人數不多且斷斷續續，與經常出現的一眾 Darky亦相安無事，漸漸越來越多人加入示威行列，形成人潮，及至五日前發生的事件，觸動 Extra支持者到場聲援，進行「反示威」，這種對立狀態最是危險，現場開始出現繃緊張力。

超跑在混雜叫罵與支持的聲浪中駛下地庫停車場，立即有四名保安人員上前協助開路，阻擋十來個進入了停車場的抗議者。跑車停泊在最接近升降機的車位，旁邊是 Extra老闆曹國強的墨綠色豪華房車。超跑強勁引擎聲終於靜止，車門打開，一身深藍色腰身雙排扣西裝外套，寬管長褲，黑色反光面尖頭極幼高跟鞋，一頭黑色長髮，架上一副大墨鏡的楊傲雪，甫踏出跑車，遠處即傳來一名外國人的叫喊聲：「Michelle Young, go to hell！」

對來自四方八面無休止的惡言和咒罵，楊傲雪一概不會理，當這些叫罵者透明。她步進 Art Deco風格升降機，直達最高樓層 11樓，全層只有一個接待大堂，和她與曹國強的兩大行政房間。9樓全層是電腦伺服器樓層，制定戰略與進行決策的 M戰室，在 10樓。

Extra World五年前在楊傲雪掌權後高速擴張，三年後首爾平台建立，之後開始向歐美揮軍，已先後建立柏林、阿姆斯特丹、巴塞羅拿三個平台，而全球最大的北美市場，會於來年第二季登陸，Extra L.A將以雷霆萬鈞之勢登場。Extra現企業估值七百億美元，全球獨角獸排名第七位。

楊傲雪是 Extra World的靈魂，每日工作量排山倒海，這個企業女皇，不會事無大小親力親為，而是深諳放權之道，鼓勵下屬放膽嘗試放膽犯錯，她只會抓大方向大原則。團隊在這開放式、鼓勵冒險的自由氣氛下，創意不斷湧現，平台持續壯大。在現時這就業冰河期，Extra員工的薪金與獎金冠絕全職場，無數人對加入 Extra趨之若鶩。楊傲雪極看重有天分的人，只要發現有潛質的，那怕只是製作助理或 AI程式設計師級別的職位，她都會親自面試，有時一談便兩個小時。

早上 11 時，辦公室傳來敲門聲，一行七人，捧著個藍莓蛋糕，和一張大大的手繪 Q版 Michelle生日卡，來到楊傲雪房中。

「Michelle, happy birthday！」七人同聲為她祝賀。

Michelle嫣然一笑，說了聲：「謝謝。」今天是她27歲生日。楊傲雪的出生日期與時間，跟第一次世界大戰結束、停戰協定正式生效的時刻一樣：11月 11日早上 11時。

生日卡有十幾個人的祝福語，親切的、幽默的，以至激勵的，都有。看著同事的字跡和字句，想起去年同一時刻，在城中六星級酒店與一名西雅圖銀行家早餐會議後，也是七個人一齊突然出現在餐廳，為她慶祝生日。當時歐洲第二個平台 Extra Amsterdam剛開台，巴塞隆拿已蓄勢待發，北美市場計劃亦在高速推展。一年後的今日，集團仍然高歌猛進，卻遇上超巨大挑戰。對於挑戰，楊傲雪從不畏懼，大樓外的人群、社會上日見洶湧的反對聲浪、政治壓力，以至一個龐大集團正在發動的狙擊，只會令她戰意更旺盛。

今年生日，確跟去年不同，去年七個人的其中一個，如今不知去向，想到這裡，楊傲雪這個人間姬器，居然也有點感觸。

去年生日的晚上，夜空下著美麗的獅子座流星雨，她清楚記得。

這七個人，是人稱「七姊妹」的楊傲雪三男四女七個助理。叫「七姊妹」而不是「七公主」，因為楊傲雪的年紀不比他們大很多，與其中一位，阿 Mak麥偉倫只差兩歲，而這位大師兄正在潛逃中，其餘六人為了不想「七缺一」，請來 Extra系內 Snowflake成員之一的許唯因，湊成七人出席生日會。

「Erin，妳是給她們找來充數的吧？」楊傲雪笑著問洋名Erin的許唯因。

「我很榮幸呢！證明我的人際關係也還可以，」許唯因也是笑著說，「Michelle，祝妳生日快樂！橫掃一切障礙，所向無敵！」

「嘩，許教授的祝賀好霸氣哩！」人稱「阿喵」的七姊妹之一陳妙玲說。她稱許唯因「教授」，因為許是本地首屈一指大學的年輕心理學副教授，還不到三十歲，卻擁有牛津雙碩士、巴黎文理大學博士學位，曾分別以英文及法文，撰寫過兩本心理學學術著作和三本心理學科普書。

「咱們這幾年風生水起，遭遇挑戰，好正常吧！」一頭銀藍色頭髮，眉目如畫，像BL漫畫封面那些秀美男生的莊文希說。

在頂頭上司面前，他們說話就像平時跟朋友一樣，輕鬆而不拘謹。大家今早亦有默契，在這個場合絕口不提阿Mak的事。

「敵意收購的新聞鋪天蓋地，連朋友都來問我是甚麼一回事，其實我這等 small potato又怎會知道！」一頭 peach fuzz柔和桃色頭髮，眼睛和金邊眼鏡同樣是大大的謝迎春說。

「正是。我們做好本份，就是對公司最大的幫忙了！」另一助理方正川說。他架一副長方型黑邊眼鏡，面型五官輪廓有種理性的俊朗。

「好啦，別表忠了，快唱生日歌吧！」一頭垂直黑髮，五官輪廓鋒利，大家叫她「子瑜」的女孩周子瑜終止了你一句我一句的對話，進入唱生日歌和切蛋糕環節。

謝迎春説她自己是「小薯仔」，「七姊妹」也的確只是楊傲雪的七個助理，然而這七人，在 Extra系內其實都是位高權重之輩。

五年前大老闆曹國強全盤接受了楊傲雪的建議，成立 Extra World，開始把業務向全球拓展，楊傲雪亦開始招兵買馬。首三年，她幾乎一個人包辦所有大小事情，除了請來一位有經驗的節目總監程真彥，其餘幾乎都聘用經驗不多的新人。楊傲雪心想，反正她是以一人之力建起王國，根本不需要其他人諸多意見，而是需要一群有天分，熱情，野心，肯拚命的年輕人。她用人不拘學歷，有次遇上一個在迷你倉任搬運工作的 17歲女孩謝迎春，交談下發覺她反應極快，想法古靈精怪，便聘她為助理。

貼身跟著楊傲雪工作是個極度負荷的挑戰，這個人像完全不用休息，要求極高，凌晨四五點會突然來電，大講她的新想法和意念，並不斷問你意見。所有助理必需長期保持在一個顛峰狀態以應對，捱不過的便被淘汰，最終活下來的，全部脱胎換骨，成為獨當一面的猛人，就是這七姊妹。

這三男四女不但年輕，而且全部是俊男美女，三個男生皆身高六呎或以上，女生最矮的「阿喵」也五呎八吋，顯然身高貌美年輕，是楊傲雪選人的第一重標準。

每有對外大型活動或重要場合，楊傲雪須要偕他們出席時，七姊妹會穿同一色系服裝，有時 Michelle台上講話，七人打橫一列站在她背後，像一班頂尖模特兒。有南韓傳媒把一張七人如精英御林軍，站在楊傲雪身後的照片，賦予一個這樣的標題："가장 아름다운 청춘 폭풍 "，中文意思是：「最美麗的青春風暴」。

< 1 >

七個人佔著集團內七個重要位置，譬如方正川執掌人工智能部門，阿喵是七個平台的綜藝節目總監，來自泰國壁武里府一家小型創意工作室，先是 Creative Republic合作創意聯盟裡的一個成員，後再正式加入 Extra的蘇妮薩蘇旺布米，大家都叫她「阿蘇」的「鹽系女孩」，是集團聯席創作總監。

今日缺席的阿 Mak麥偉倫，是集團內最重要皇牌項目——Extra Immersive的主理人。這個產品如日中天，令 Extra訂購人數節節上升，增長幅度已連續二百五十天創新高，為企業進帳巨大利潤。

平台年度壓軸重頭戲——由楊傲雪親自創作及撰寫日文劇本、原於 Extra Tokyo播出的動畫劇集《冰眼》，已改編為成人向的真人版八集連續劇，Dark Matter最紅成員 Shade與日本性感人氣女星陰鳩真菜合演。《冰眼》號稱是年度 11部 Extra Immersive的壓卷之作，將於平安夜上架，估計訂購 Extra人數會因此劇再急速攀升。

就在此際，Extra Immersive總監麥偉倫在總部大樓內嚴重傷人，毆打一名同事，連環重擊對方頭部，傷者被送入 ICU已經第四日，至今仍未渡過危險期，即使檢回一命也可能變成植物人。麥偉倫傷人後，把他拖入洗手間放置清潔用品的廁格內，七個小時後才被發現，麥則隨即往機場，購了馬上起飛的單程機票飛往曼谷，之後消聲匿跡。麥偉倫儼如謀殺的行為，牽一髮而動全身，令本來已風高浪急的 Extra危機加劇，楊傲雪陷於腹背受敵的嚴峻挑戰之中。

< 2 >

「有人説它像一朵鈦金屬之花，雖然是近四十年前的創作，今天仍會給人一見難忘的驚豔。」課堂上秦舜堯面前有近五十個學生，清一色是女性，平均年齡三十左右，大家都「留心聽課」，有兩個幾乎目不轉睛望著這位老師。

因為曾上 Extra Sex節目大談性愛而樣貌被曝光，之後牽涉殺妻案，並證實患上人格分裂，曾多次獲獎的建築師秦舜堯，被 VAP建築事務所辭退後，在行內亦被趕絕。他仍然想找跟建築有關的工作——當然不是地盤工人，應徵政府建築署亦無下文，「猶幸」因經濟長期低迷，本地名牌大學也紛紛開設校外課程，以幫補收入，這學期便開了一課《西洋建築賞析》，算是興趣班。能否撈到這些教職，全賴人際關係，秦舜堯徒有知名度，在這方面則相當薄弱。偏偏這課程的講者在開課前兩星期突然移民去了英國，相當不負責任，校方臨急臨忙，便找來符合資格的秦頂上。

想不到卻出現驚喜效果，秦因為有知名度，更重要的是高大俊朗，引到不少女性來上課。校方食髓知味，課程再開，已是第三遍，這次竟出現報名上課全是女性的現象。

<2>

今日介紹西班牙畢爾包古根漢美術館，這是課程裡其中一個環節，一連四星期以西班牙美術館及博物館建築為主題。課堂出席率甚高，每次下課後，總有女同學主動跟他搭訕，也有邀他下課後去喝杯酒，秦總是禮貌地婉拒。他的原則是來這裡教書，不能與學生交往；也許很多人覺得沒有所謂，但他就是如此。

秦舜堯的解離性身份疾患仍沒治好，這是非常頑強的精神病，體內有個「全城知名」的中性人格祖兒，他已跟他約法三章，絕不能打學生主意。除此以外，他亦告訴了他的主診醫生苗燕京，體內尚有一個女性人格貝莎。但這人格，居然在第一次出現，說要向曾對付秦的勢力以牙還牙，最後拋下一句「秦先生，今後請多多指教」後，便深藏於密，不曾再露面，像個曇花一現的閃靈。

今日課堂上，秦留意到一名第一次來上課，坐在後排，鼻尖與下巴同樣尖尖，長得甚是好看的女子。他從不點名，下課後看看學生名單，仍是那五十位，並沒增加。

此後三星期，女子仍然出現，坐在同一位置。情理上這該告知校方，但秦沒這樣做，他只是來講學，校方亦沒明文規定，如有不知名學生，教師便需報告。這女子很文靜，聽課專心，秦對她頗有好感，便由她上免費課。

一連四課的「西班牙美術館及博物館建築」主題完結。下課後，秦主動上前與該女子攀談：「妳好！似乎妳對西班牙的前衛建築有點興趣呢！」

女：「秦老師你好！對呀，因為曾在畢爾包旅行，看到古根漢美術館時很震撼，便來聽聽這幾堂，下星期就不會再來了。你解説得很好，讓我長知識了，謝謝你。」

秦：「冒昧一問，妳是許小姐嗎？」

女：「對的。校方已發了電郵給你，説我會來聽這幾課，相信你早收到了吧？」

秦：「噢，對呀，收到了。許教授來聽課，是我的榮幸哩！」

許笑説：「不敢當，秦先生下次再開課，我會正式報名來上堂。」

「這課程是最後一次了，學校也沒跟我説會不會再開其他跟建築相關的課；」秦停頓了半晌，問：「我倒有事想冒昧請教，可以嗎？」

許：「當然。」

秦：「相信許教授一定聽過我的狀況吧？兩年來我一直定期覆診，進度還算可以，但相信妳也知道——以妳的程度當然知道，人格分裂是很頑強的病。我在想，是不是也可以向妳咨詢一下，當是多一個診療面向。我會付費的。」

許：「啊，我是心理學系副教授，算是學者吧，但不是心理醫生，不能替你診療的。」

秦：「噢，是這樣嗎？這方面我真是門外漢，失禮了。」

説罷流露了點失望神情。

許：「如果不介意，不如下次喝杯咖啡，聊聊你的事。未必可以幫上忙，始終我不是精神科，但或許會有些意見用得著，但你得讓苗醫生知道這事。」

秦喜出望外：「啊，一定一定！非常感謝許教授。」

許：「叫我 Erin吧。我也可向你請教些南歐建築特色，就當是大家交流知識吧！」

秦笑説：「太好了，很期待呢！」笑時左臉頰泛起酒渦。

十天後，在秦相約下，二人吃了個稍早的晚膳，飯後在咖啡館，秦向許請教。

「我的病其實控制得不錯，體內只有一個分裂人格，跟他亦已很熟稔，大家早已約法三章，他不會無緣無故出現；然而，」秦道出心底困擾，「我卻很在意自己的解離性身份疾患，總覺得自己是病人。有時在街上，突然會覺得周遭的人地位都比我高，自己是次等人。」

許唯因留心聽完，他的壓力來源很清楚，便説：「你的壓力我很理解，不少人都有類近你這種情況，內心有個揮之不去的陰影，形成負面思維。」

「對，是心魔。」

「你知道自己有心魔，已經比很多人了不起啦！」

「我意識到，但放不下。」

許唯因覺得眼前的人很聰明，很快便切中重點，便說：「你覺得自己低人一等，inferior，這是自我扭曲的想法，是非理性思維。」她開始以認知行為療法的方式，去改善他認知扭曲，引導他如何去挑戰這個不合理的觀念。

秦理解得很快，也透徹。當有疑惑時提出的問題很有啟發性，有些連許唯因也未想過，反而觸發她去認真思考。她覺得他真是個「第一流的病人」，自己竟有如沐春風之感。

談了個多小時，秦問：「冥想能提高自我察覺，減少自卑感嗎？」

「可以的，冥想是好方法。」

「我其實也試過，但沒有效果，反而睡著了。」

許唯因被他引得笑了，說：「正念冥想，可以幫助個體專注於當下，但要得其法。」

「我是靠看網上的片學習，應該是方法全錯了。」

「我可以教你。」

「真的嗎？」秦流露像孩提般天真的笑容。

許唯因對他很有好感，望望時間，晚上九點，便說：「如果你不嫌晚的話，我今天也可以教你。」

「太好了，很感謝許教授。」秦舜堯喜上眉梢。

二人乘計程車來到秦家，室內整潔明亮，許唯因開始教他正念冥想，但，她卻發現自己腦裡滿是歪念。

一路解說，一路發覺自己比他更不寧定，竟有意識地向他靠近，越靠近，傳來的男子氣息越濃烈。

秦舜堯默契地向前移，吻了過來，她猶未決定要如何反應，身體已發出強烈訊號，便吻回去，與此同時他的舌尖已鑽了進來，貪婪地轉動。

正念冥想已跟今晚無關，此刻的主題只得一個：慾望。

連綿的濕吻令她的下體越發潤濕，秦舜堯拖著她的手進房間，打開明亮度剛好的床邊小櫃上的燈，房間如客廳一樣整齊，被子鋪得像酒店般。唯因坐在床邊，他把她的毛衣往上揭起，露出酒紅色的蕾絲胸罩，蜻蜓點水般輕吻一下她纖瘦的腰部，唯因感覺自己像被輕微電擊了一記，非常敏感，不自控地呻吟了一聲，便下意識用手按著嘴，他的舌尖往左移動，直到肚臍，然後鑽了進去，唯因整個肚腹不自主向內縮，大聲呻吟。

性愛序幕華麗展開，唯因感覺自己的肉慾從沒如此熾烈燃燒，她變得更為主動，把秦的皮帶解開，自己跪在地上，燈光映照牆上她在他兩胯之間的剪影。

幾分鐘後，唯因主動坐在他身上，躺在床上的他是多麼的英俊也可愛。今晚她早已不是心理咨詢師，而是個野性的女人，要把這個自覺 inferior的男人強勢征服。

慾望像一首亢奮的歌，囂張地演奏著，唯因用力乘騎，無限投入，節拍一路加快，義無反顧衝向激動人心的高潮，在男人強烈抽搐之中，她衝上雲霄去。

高潮後唯因脫力般撲伏在秦身上，摟抱住他，二人一同喘著大氣。她合起雙眼，微笑著，慶幸今夜角色轉換，自己從理性的心理學者，變為慾望的主角。

她慢慢坐起來，從他身體抽離而出。臥在下方的秦猶輕聲喘著氣，唯因覺得他真是可愛，想再親一下，此時，她卻換了神情，說：「許教授，不好意思，打擾了」！

許唯因像突然離魂，無意識地身不由己講出了這幾句話，之後意識又驟然回復正常，像突然出現突然消失的鬼上身，她頓時嚇得魂飛魄散！

< 3 >

慶祝生日後七子離開，楊傲雪拿著又黑又濃的咖啡，行到偌大玻璃窗旁。前方是一條直通到 Extra Universe的筆直車路，兩旁是高三十米的杉木樹。碧空如洗，藍得像片巨大 Pantone色票。大樓前面圓形車道外，是兩行對峙人群，兩邊長度相若，有近三百公尺，在未來一段日子，這長度只會增加。

楊傲雪離開辦公室，從消防樓梯行落一層，來到 M戰室。鋼門自動開啟，讓她進入。

本來半暗的燈光，自動調節至合適亮度。室內是個近三千呎弧形空間，正前方牆壁有四個巨型電腦螢幕，兩邊另有四個較小的。室內中央是個直徑十五呎，離地四呎，既不像會議桌亦不似控制台，線條相當簡約的飛碟形物體。它的正中央有個大腦形狀的裝置，表面藍色的彎曲紋路上有極為細小的光點流動，從不同角度看，藍色會變成藍綠色，有點像青花瓷的顏色感。腦狀裝置向上投影出一個直徑五呎、圓周約小於十六呎，由浮動線條構組而成，儼如懸浮於中空的球狀圓形，裡面的線條不規則分佈，光線緩緩地明暗交替變動著。

「有阿 Mak的下落嗎？」楊傲雪問。

//仍未有。//一把甜美的少女聲音，於室內環迴立體響起，回答她的提問，球狀內的彎曲條網隨著説話節奏浮動，//此刻透過 CCTV監察著曼谷共 3,521條大小街道與巷子，從開始找尋到三秒前，共識別了 2,116,971個人面，未發現麥偉倫，他可能已離開曼谷。泰國很多小鎮沒有 CCTV，只能靠低軌道衛星尋找，但人的面部面積太小，衛星鏡頭未必能準確分析出其特徵。泰國現在及未來兩天，很多地方被厚厚的雲層遮蔽，能找到他的成功率很低。//

楊傲雪輕嘆了口氣，「外面的人群有沒有異樣？」麥偉倫的搜索情況已清楚，她轉向了解示威狀況。

燈光即時暗下，四片電腦大螢幕全部同時開啟，不斷切換畫面，播放門外人群視像，//面容全部識別過，沒有異樣，雙方沒人長期站在對方陣營內，警方也沒混入人群中，應是認為暫時情況可控。//

//各社交網絡與討論區的貼文及回應，要不要暫時緩和一下？//

「你認為呢？」

//在這風頭火勢關口繼續挑動雙方對抗，一旦擦槍走火，局面可能立即失控，大局而言對我們並不有利。//

「那暫緩煽動吧。」

//好的，即時生效。//

M戰室內與楊傲雪對話的系統，是 ICE，Intelligent Contagious

Equation.

三年多前，楊傲雪與腦內的 IMU，開始設計這套系統，作為實踐她計劃的主力武器。

五年前，IMU誕生後，一心為自己的創造者林蔚建功立業。他越來越成功，開始天天被惡俗又愚昧的人包圍，這些人大都很可憎，不斷向林蔚阿諛奉承，毫不要臉。後來林蔚與東歐駭客 Stray聯手把 IMU毀滅。在楊傲雪腦內以備份重生後，IMU憤恨林蔚恩將仇報，亦憎恨人類，遂衍生出報復全人類的念頭。

楊傲雪是 Extra的紅主持，連環揭發林蔚被 AI附身的節目，更令她人氣飆升，廣告合約如雪片飛來。當形勢大好，她便向老闆曹國強建議成立 Extra World，創製一個集影視、短片、音樂、社交網絡於一體的超級平台，向國際進軍。

要在全球一眾娛樂節目平台搶佔一席，極其困難，幾個巨型平台寡頭壟斷，無數人企圖進入競爭，最終進了英雄塚。

楊傲雪採取戰爭裡「重點突破」的戰略，集中以性愛為主題，把 Extra打造成燃點慾望，誘發遐想的「情色」平台，務求快速招攬用戶與粉絲。性，人之所欲，但 Extra不是 porn channel，這些甚麼都有的色情網站，反而容易令人麻痺及生厭。Extra是要令所有人沉溺在慾望無邊無際的性域之中，體驗意淫的愉悅和刺激，誘發想像與追尋。

楊傲雪以「新世紀情色主義」教主姿態出現，鼓動風潮，創造時勢，宣揚「性愛締造真愛，衍生無比快樂」的主張。她的論述是，追求愉悅是人類生存的意義，更是持續進步和發展的動力泉源。楊傲雪美麗年輕，非常性感，極度聰明，更有一套儼如哲學思想的理念，本身就是一個閃亮品牌。

定位清晰明確，但要脱穎而出，便要有一個足以震動世界，獨一無二的產品。

在網路世界，各方勢力皆以自己的演算法角逐競爭，楊傲雪要創造最強大精密的一套。她開始在 M戰室內，編寫具有以下特性與功能的 ICE：

- 它的內部架構模仿生物神經網絡，具有高度靈活性和自我學習能力，在處理不同問題時，智能體可以動態改變自身的網絡結構，模擬生物神經元的可塑性，實現自我適應的解決問題能力。

- 它能模仿人類大腦的分層處理模式，將問題分解為不同層次，例如感知、邏輯推理、情感判斷，讓每層智能體專注於特定目標，最後整合結果。

- 它由多個專門化的 AI組成，各自擅長不同領域，隨時通過協調互動解決複雜問題，是個多智能體協作系統。

- 思考時加入基於因果關係來做預測和決策，並能模擬假設場景，從結果向原因進行逆向推理，理解事件發生的根本原由。

- 整合多種感知包括使用者的視覺、聽覺、觸角等反應，進行更複雜的決策。能根據語氣、面部表情甚至背景音樂，推測情感情境。

- 能根據環境變化，以及所處之不同背景、風俗、國情、價值觀、審美標準、社會因素而自主調整學習與制定策略。

< 3 >

楊傲雪以一人之力拓展 Extra World之同時，耗了一年半時間把全套 ICE演算法完成。期間 Extra新總部大樓 Extra Universe落成，M戰室遷入後全面升級，ICE成為結合超級終端機、伺服器中心、演算法的人工智能生態系統。

ICE演算法除了要準確控制群眾所見的內容，掌握他們的習性、喜好與心理，還要透徹了解每個人的深層意識，包括心底渴求與慾望，和潛意識裡的黑暗面。

為求對人心有更精準與深微的理解及分析，楊傲雪高薪聘請了多位海內外顧問，包括哲學家、心理學家、人類學家、精神病學學者、催眠師，塔羅師、以至靈媒……等等，組成一個叫 Snowflake的智囊，提供學術理論與實戰體驗，協助 ICE強化學習能力，不斷作出調整與改進。

Snowflake的意思，是如雪花蓋大地般向人心全面散佈。

於是，ICE開始為 Extra製作撼動世界的產品：Extra Immersive。

當日，楊傲雪第一次向 ICE扼要下達指示：「當用戶戴上流線型纖薄全息頭盔，便可觀看多部 Extra自家攝製，並由你協力生成的 Extra Immersive劇集。」

//互動沉浸式劇集，是嗎？ //ICE要確定指示。

「對！觀眾可以真實的自己，或為自己設定獨特身份、背景、造型，然後在每集的三個指定時間點內進入互動環節。你要不斷衍生劇情，讓觀眾成為角色後，與劇集裡的俊男美女發生各式各樣的情慾交鋒。」

//這些男女主角都是真演員？//

「全是真演員。觀眾進入劇情後，你隨即介入，以深層偽裝生成該演員，繼續演出，我要百份百像真！」楊傲雪提出極高的要求。

「你要根據每個觀眾的個人資料，整合觀影口味、社交數據、消費習慣、心理測驗結果，建立全面的個人檔案，並隨著他的生活變化，如情感狀態、經濟狀況、工作壓力等，動態更新這些檔案，保證內容符合當下的渴求。」

「沉浸進行時，你須要一路觀察及計算著每個觀眾的心態與情緒，即時創造全新故事情節。你理解每個用戶的性格與深層心理，是以能預測最可能的情感需求，生成符合當下情緒、精準對應情感痛點或爽點的劇情，無論故事如何發展，過程必須要投其所好。而每個獨一無二的結局，亦是完全基於每個人的情感數據和偏好。如用戶有不同的習性，舉例說，白天比較喜歡輕鬆愉悅，晚上則偏向懸疑驚悚，你亦要能識別並作出風格切換。」

//Extra標榜這是隨機情節，其實是我全程控制著每個劇情變化，是這樣嗎？//

「沒錯。我要觀眾使用過後，從此上癮，難捨難離。」楊傲雪明確提出她的目標：「Extra要以 Extra Immersive，碾壓所有競爭對手！」

ICE理解楊傲雪的想法後，便開始編寫這些獨特功能。九個月後編寫完成，楊傲雪與 ICE一同反覆測試，確保效果完美。終在今年初以雷霆之勢，推出第一套沉浸式劇集《感官矩陣》，立即引來巨大哄動。

楊傲雪接納七姊妹之一、集團策略師周子瑜的建議：Extra Immersive第一套劇集，用戶全線免費升級。結果觀看及使用沉浸功能的用戶人次盡破紀錄，且口碑轟傳。

沉浸式體驗令觀眾無限投入！用戶多數會跟角色發展成情侶，或演成各種各樣的奇怪關係，危險情人、霸總與下屬、奇怪 SM女王與被虐狂、跟蹤狂與反色誘者…………甚麼都有。

Extra Immersive令全球矚目，訂戶爆炸性上升。

它是楊傲雪全面展開報復人類行動的起點。

除 Extra Immersive外，大量於 Extra Reels平台上載的情色短片，超過 70%由 ICE生成，無數人如吸毒般沉迷在其中。

在社交網路戰場，ICE每刻都在進行心戰，麻醉精神，引發人性黑暗面。它不斷挑動矛盾，蓄意縱火。當某個議題發酵成爭論與對抗，便以不同分身進入兩邊陣營，擴大罵戰，令對立升級，唯恐天下不亂。

楊傲雪的策略非常成功，用戶與粉絲數量一直快速增長。現將來到第二階段，Extra將會從性愛中「解放」，全面開放主題，從宗教、政治、經濟、社會、文化，全方位激化對立，最終要達到人類族群撕裂，互相攻擊，秩序瓦解的混亂狀態。

這種狀態，正是誘發戰爭的土壤。

總部大樓外兩個陣營對立，除了示威者本身的意志，Extra

亦一路煽風點火。楊傲雪的行動本來進展得很順利，但最近麥偉倫的事件卻令整個計劃出了亂子。

Extra Immersive劇集播完五套後，運作已上軌道，楊傲雪便把這金蛋，交予嫡系人馬，七姊妹的大師兄麥偉倫主理。

豈料身為Extra Immersive總監、對創製虛擬角色及沉浸體驗操作瞭如指掌的麥偉倫，自己竟然在年度第 10部劇集《格陵蘭的眼淚》中，與同樣進入了劇集的同事郭基永爆發衝突，且更延伸至現實，在公司內暴打對方至重傷後潛逃。

Extra Immersive情色劇場播出後，遭到越來越大的壓力。很多觀眾在劇集中，把角色視為真伴侶、真情人、真小三，陷入得極深，甚至有強烈戀愛感覺。

所謂的愛情發生時，體內多巴胺、血清素、催產素、腎上腺素等荷爾蒙和神經傳導物質，會發生多種化學變化，促進強烈的情感和親密感，這跟迷戀偶像或 AV女優時身體發生的變化一樣，二者與愛情是源於同一機制。不少人生活上已離不開Extra Immersive的角色，曖昧、戀上、猜疑、嫉妒、失寵、背叛，各種愛情關係虛實難分，沉浸體驗已形成集體病態與危機，從政府到民間，都認為必須嚴肅正視。

現在竟然連幕後製作高層，也墮進真實與虛擬不分的混亂中，犯下刑事罪行。反對團體要求全面取締，把這類產品刑事化，開始在 Extra Universe外抗議，支持的群眾則反示威，衝突隨時一發不可收拾。

< 4 >

十天前，秦舜堯下課後，主動跟來上建築賞析課的許唯因搭訕，問她可否給他關於人格分裂而影響心理的專業咨詢，許説可以出來喝杯咖啡，聊一聊。秦説非常感謝。

二人告別，秦轉身離開，説：「效果預期之中，做得不錯。」又説：「我只是照劇本演出而已。」

這三句話，頭兩句是貝莎所説，後一句是祖兒，他説來語氣有點納悶，似乎並不享受這個角色。

貝莎，秦舜堯體內一個女性人格。其實在珍妮與祖兒兩個人格出現後未幾，她便已出現。珍妮在 Extra搞局，與楊傲雪談判時，楊問她：「秦舜堯體內還有其他人格嗎？」珍妮回應：「不知道，人格可以潛藏，也許此時有另一個人格正在竊聽我們説話。」珍妮沒説謊，她的確是不知道，原來有另一個存在已久的人格。

貝莎對所有發生的事情一清二楚，但她卻選擇潛藏，只觀察，不介入，直至在開智圖書館外秦舜堯遇上李嘉嘉後，她才第一次現身。

在 Extra Sex節目後楊傲雪咄咄逼人時，貝莎已知道秦必將遭殃，但她只冷眼旁觀，看全局如何了結。結果出現戲劇性反轉，警方對秦舜堯撤銷控告，就在此刻，她決定反擊害慘秦舜堯和珍妮的楊傲雪。

Extra勢力強大，有想法不等如要立即行動，她知道楊傲雪不會罷休，會繼續對付珍妮，便沉著觀察，謀定而後動。

楊的追擊並沒發動，她與珍妮的恩怨亦終止了。

秦舜堯的手機被 M系統駭入，廿四小時都被監察中。秦在看精神科醫生前一夜，珍妮透過丈夫之手寫信給丈夫，告訴她將自我銷毀，把人生完整交還給他。

翌日看醫生時，秦帶同妻子寫的信，親自讀給醫生聽，其間泣不成聲。

當時楊傲雪正準備飛東京，在頭等乘客候機室傳來秦的聲音。她知道秦説的絕對是事實，珍妮已自我毀滅。冤有頭債有主，搞局的是這個女人格，不是秦舜堯和祖兒，於是她對秦也不會有進一步的狙擊行動了。

敵人毀滅，楊傲雪向侍者要了杯香檳，喝了一口，心裡卻沒有快意，反而有一絲失落感。

於貝莎而言，當她要有所行動時，其實可以完全不知會秦。貝莎是個能力值極高的人格，比祖兒和珍妮高出很多，可以把祖兒徹底封印，也可隨心所欲控制主體人格的記憶，讓他不知道她曾出現和做過的任何事。但貝莎這個意識與軀體的主導者，某程度上仍尊重「身體的本來擁有者」秦舜堯，便向他預告自己會報復。

Extra一路壯大，兩年下來，已演成千億級獨角獸。貝莎像日本戰國時代的德川家康，一直忍耐，靜待突破口出現。她當然不是守株待兔，什麼都不幹，除了主動查探楊傲雪的動靜，亦會細心觀察秦接觸到的每一個人，留意著 Extra何時會有所行動，同時不斷接觸對復仇行動可能有助力的人。終於，四星期前，課堂上的後方出現了個新學生，貝莎查到是 Extra的Snowflake成員之一的許唯因，她終於等到一個可能突破的缺口。

發現許唯因後，貝莎拜訪了一個奇人。

村屋帶點鏽跡的鐵門打開，切換為人格貝莎的「秦舜堯」說了聲：「黃教授，你好！」

「甚麼教授？！只是個連講師職位都快將不保的廢人，叫我老黃可以了！進來坐。」這黃姓男子，五十來歲，長得矮矮胖胖，下巴留著一撮很有古風的鬚。

這村屋是半幢式，一層三百五十呎，本已不算寬敞，樓梯在屋內，更佔了些建築空間。室內甚是凌亂，採光亦欠佳。

貝莎也不轉彎抹角，單刀直入：「黃先生的實驗室就在這裡？」

「在樓上，跟我來。」

二樓一陣酸餿氣味，窗戶全拉上厚布簾，一絲光都沒有。老黃開燈，貝莎一怔，二樓就像電影裡的怪博士實驗室，滿是高高低低橫七豎八的儀器，有些外型很古典，怎樣也不似先進科技，亦有些新款但甚為骯髒的電腦，伺服器疊得高高，接近天花板，看起來很不安全。整個地方混亂又邋遢，是個徹底不合標準——包括防火標準——的實驗室。

「過來這邊，小心不要絆倒。」老黃引領貝莎「深入」實驗室，來到靠近牆角的一副機器前，說：「就是這個。」

貝莎打量這台裝置，由一大堆零件毫無組織章法地合成在一起。老黃望著她，想不到她竟說：「看起來很不錯呢！」

「哈哈！居然沒把妳嚇倒？」

「看起來是很實用的機器，登陸月球的太空船也很難看，但它不是為了好看而製造的。」貝莎續說，「你說曾以動物做實驗？」

老黃指指地上兩個小玻璃箱子：「白老鼠實驗，都不知做過幾次了！」

「如何確定老鼠的靈魂轉移了？」

「老鼠也有聰明和笨的，我把前者轉移給後者，它便即時變聰明，十分明顯的。」

「原來的那隻怎樣？」

「當然是內裡甚麼都沒有了啦，像個空殼，連本來的思維也沒有了。每次被轉移後，那白老鼠都會變得像個白癡。」

「被轉入的那隻，原本的靈魂，就被轉進來的擠走了，取

< 4 >

代了，是嗎？」貝莎問。

「是的，我在電話裡不是已清楚解釋過了嗎？」

「有趣！」貝莎凝望這機械，流露滿有期待的神情。

這個老黃，名叫黃太極，本名黃志強，他覺得名字太普通，到法定年齡立即改名，他認為叫太極才配得起自己這個奇才、怪傑。

黃太極是科學家，在本地大學攻讀，先後取得一個物理學及一個應用物理學博士學位。他對精神科學極有興趣，經常發明各式各樣充滿神秘色彩的儀器。例如十多年前做了個號稱能製造瀕死體驗的裝置，有十多人試過，有些人全無效果，有些人試過後則甚為興奮，口沫橫飛分享死後再回陽的體驗。因為儀器以真人做實驗，引來極大的輿論壓力，大學向他施壓，要他中止這類實驗，否則辭退。

黃太極以天才自居，脾氣古怪，覺得自己懷才不遇，經常得罪人。他的新發明從來申請研究經費都失敗，亦從不獲升遷，在大學二十多年，仍只是講師，連個高級講師都撈不到。現年五十一歲，遠未到退休之齡，已有人想把他整下來，讓他永遠從大學裡消失。

半年前，黃太極在自己網站，號稱發明了一個可轉移靈魂的機器，是轉移，不是交換，因為轉移對象的靈魂會被擠走，所以此發明仍未成功。他說相關論文已投到各大國際學術期刊，將會震動學術界。

結果震動的是自己的教職，大學方決定以聽證會方式，裁決要不要以發明「絕不嚴謹且有危險性」的儀器，以及「可能對學生有不良影響」為理由，解除他的教職。聽證會下月舉行，他的網站亦已在校方施壓下關閉。

貝莎從網上知曉他的許多發明，和頻頻受壓的經歷與遭遇。之後她巧遇跟黃太極同一所大學的許唯因，便看到一個契機。

「叫妳貝莎，對嗎？」黃太極問，他在電話中已獲告知，對方是秦舜堯體內一個人格。秦是城中「人格分裂名人」，他的分裂人格居然找上門。

「對，我是貝莎。」她說話的語氣比較硬，跟之前秦妻譚慧妍軟軟的語調截然不同。

「妳的想法絕對有趣，有洞見，不得不讚，我之前怎麼沒想到？真是的……」黃太極語氣頗興奮，「妳說，因為妳是個分裂人格，所以把妳轉到別人身上，原理上也是人格轉移，與另一個人的靈魂可以共存，即是那個人也只會變成患上人格分裂症，我有沒有理解錯？」

「正確。」

「而因為妳只是人格，原來那個人，即是秦舜堯，靈魂便不會被轉走，而只是失去了一個分裂人格！」

「邏輯上是如此。」

「妳真是天才！成功的話，會改變世界！」黃太極由興奮變亢奮，「人格分裂這個病，以後可容易治了，把人格一一轉走即可……唔……轉往哪裡呢？找個智障人士來安置不就可以了嗎？但又好像不是太好，一時智障一時高智……起碼也是一時智障一時正常……也很古怪……再不然被轉移的人格永遠佔據住主動人格，不就可以了嗎？雖然宿主的長相不太好看……」黃太極越扯越遠，突然，笑容消失，面色一沉：「不過我警告妳，如果轉移失敗的話，可能魂飛魄散，又可能不知飛到哪裡去，會周圍飄移，成為第一個分裂人格無主孤魂！」

對這驚嚇設想，貝莎紋風不動，淡定依然，說：「你對自己的發明沒信心嗎？」

「這個嘛……信心當然是十足的，但始終未經人體實驗，妳會是第一隻白老鼠。」

貝莎笑了笑，道：「來如流水兮，逝如風；不知何所來兮，何所終。難道你就知道自己大去後，靈魂會飄向何方嗎？」

「好！那麼要不要問問宿主秦舜堯的意見？」

「不用了，我來作主。當然被我進入那位更不用問，問了她亦不會答應，只會報警。」

「這個人是誰？」

「你的同僚，許唯因教授。」

「Erin？她是個好人呢！不用擔心，人格隨時可以轉回來的。妳們之間有甚麼瓜葛，不用告訴我，我只關心實驗成不成功。」

「我壓根兒就無擔心過。轉換時要有甚麼條件？」

「妳倆的物理距離要很接近，最好在五呎內。我做白老鼠實驗時，兩個玻璃箱子是緊貼的，亦即是說，兩個人越接近，就越好，最好是身體緊貼。」

「明白了。此事安排需時，可能要一個月，但快起來十天八天也有可能，視乎情況而定，確定後再通知你。」

「哼！成功後，那幫瞧不起人的學棍全部要閉嘴！」黃太極躊躇滿志。

離開後貝莎召喚祖兒出來，他隨召隨到，無力拒絕。

「全部聽到了吧？」貝莎問。

「聽到了，但聞所未聞。妳真要試？這個黃老頭看來不很靠譜，那副裝置更是像四十年前科幻片的道具。」

「兩年了，Michelle的公司越做越大，越來越難被擊倒。眼下是天賜良機，當然是有所作為的時候了！」

祖兒與她相處日久，知她為主體人格秦舜堯向楊傲雪復仇之心如鐵鑄般堅決。從前珍妮為了丈夫，也是義無反顧，他心想可能女人就是這麼無可救藥地死心眼。

如果人格轉移失敗的話，貝莎可能會不知道飛往甚麼地方去，這是祖兒所樂見，以後便不須再與這硬繃繃的女子共處一室。但萬一轉移時連他也被扯了出去，那豈不是如黃太極說變成人格孤魂？想到這，他就怕。

「已經沒有其他方法，就算高風險也要一試。沒其他問題的話，之後就由你來閃亮登場了。」

貝莎的想法，是由祖兒這個人間酷兒去接觸許唯因。她的設計是由祖兒「飾演」秦舜堯，請教許教授如何正向冥想，對方應不會拒絕，便可乘機來到秦家，給二人一個近距離接觸機會。最好祖兒能色誘對方上床，身軀緊貼轉移成功機會最大。

許唯因應約當晚，下午貝莎把秦的家居執拾清潔得整齊乾淨，增加女方好感。黃太極的儀器當然一早便放置在書房裡。秦身上會貼上一個細小的、內置晶片的裝置，另一個裝置祖兒屆時須伺機貼於許唯因身上，這是整個過程難度最高的地方，有可能會被發現，她若起疑心一走了之，計劃便泡湯了。

祖兒這副隨時釋放大量多巴胺、催產素、皮質醇和內啡肽的情場殺器，在色誘這事情上從未曾失手，這次更近乎超水準演出，挾著秦舜堯高大俊朗的先天優勢，祖兒在他體內釋出的化學元素，使許唯因覺得秦很性感，來到家裡後慾火被燃點，幾乎是自己採取主動。

祖兒以舌尖在她腰間挑逗時，小儀器執在手中。他「誕生」已兩年多，與近一百位對手交往過，這個無與倫比的性愛天才，技巧已是超凡入聖，當把舌尖探進她肚臍裡，惹到她吟叫一聲時，便把儀器輕輕貼在她腰背，然後另一隻手一把抓實許唯因左大腿內側，她性慾一而再翻湧，完全不覺後腰有任何異樣。

貝莎的指令是，盡量與許纏綿，給多些時間去轉移，雖然黃太極說整個轉移過程只須幾秒，但說實在話，貝莎對成效只是半信半疑。人格轉移，是另一形式的奪舍，如祖兒所言：聞所未聞。但 AI奪舍之説，城中早已甚囂塵上，人格奪舍又有何稀奇？況且，分裂人格本身也是極度不可思議，不也真實存在於世上嗎？

劇本料不到的是，許唯因如狼似虎，非常主動地乘騎在秦上面，激烈做愛，節奏急促，祖兒盡力按捺住不讓太早射精，但被抽送得太厲害，也不能控制。結果這場快速而女方帶點體力化的性愛，七分鐘便完結了。

黃太極透過上方的針孔鏡頭看著全程，他沒有太多工作，只須在適當時機按下轉移鍵，即可。

許唯因在祖兒射精時衝上最高潮，一個於雙方俱是完美的時間，這是一場精彩的性愛。

許唯因大滿足，抱住射後的他，喘著大氣。良久她慢慢坐起來，從他體內柔柔抽出，心想讓他休息一會，回一回氣，待會再來一遍。正要親他一下時，突然人格瞬間轉換，貝莎開口：「許教授，不好意思，打擾了。」

説罷貝莎把人格快速轉換回許唯因，就像按電視遙控那麼隨心所欲。許唯因回過神來，清醒知道「自己」曾開口說了三句話，頓時嚇得魂飛魄散！

貝莎立即回來，她知道許現在極度驚恐，搞不好會嚇至昏厥。她先穩住狀況，下床並穿回衣服，坐在房間的椅子上。同時祖兒也穿回了衣服，此刻秦舜堯回到體內只得另外一個人格的狀態。貝莎已離開，成功轉移。

書房裡的黃太極高興得快要叫出來，但他不能讓許知道他存在，以免更受刺激。

此時，許唯因手袋內手機震個不停，來電顯示是「姊姊」，連環來電三遍，但當然無人理會。

貝莎開始說話：「許教授，我要再說聲抱歉，暫要借妳身體一用。妳不用擔心，我只是個過客，完成要做的事後，定當完璧歸趙。」

「先自我介紹，我叫貝莎，是秦舜堯先生體內一個人格。許教授剛才經歷的，是一件奇異的事，但不是夢境，我是轉移到妳體內的一個分裂人格。換句話說，妳現在跟秦舜堯先生一樣，暫時——只是暫時——患上人格分裂症。但我向妳保證，這解離狀態最遲在三個半月後就會結束。」

貝莎感到許唯因正在盡力令自己冷靜下來，她是精英，曾長期接受理性訓練。遇事要冷靜，是理性 ABC。

人格切換回主體，許唯因已冷靜下來，深呼吸了一記，問：「妳為甚麼要這樣做？」

「因為妳是 Extra Snowflake成員。」

摸不著頭腦的解釋，許唯因不追問，等貝莎進一步說明。

「打擾閣下，因為我要對付楊傲雪！為公，也為私。首先，我寄宿在秦先生體內已兩年多，當時鄰居有兩位，一位是祖兒，也就是今晚從咖啡館到做愛的一位。」貝莎感到許唯因極驚訝，她繼續說下去，「另一位，是秦先生的妻子譚慧妍，她在 Extra Sex節目上搞局，此事轟動全城，妳當然也知道。楊傲雪怒從心上起，便要把譚慧妍往死裡整。」

貝莎暫把人格轉換回許唯因，讓她提問。

許已完全冷靜，說：「秦先生後來被控謀殺妻子，相信妳是因為覺得報復不對等，於是要反過來向 Michelle復仇。」許的推理是跳躍式，全部猜中，貝莎相當佩服。只見許繼續說：「Michelle要對付的是譚慧妍，不是妳，但妳卻要向 Michelle復仇？譚慧妍現仍在秦先生體內嗎？」

貝莎答：「楊傲雪橫行霸道，我看不過眼！至於譚慧妍，她已永遠離開了。」

人格切換回許唯因：「無論如何，這都是你們『一家人』與 Michelle的事，為甚麼要把我牽進來？」

貝莎說：「這件事為公為私。為私的已說了。為公，楊傲雪與 Extra以性為主題，業務快速推展，卻做成社會價值觀嚴重對立，族群撕裂，情況日益加劇。」

許說：「Extra的節目極具爭議性，當然會形成公眾以及輿論的對立，議題越炒作，Extra越受矚目，最後通通化成利潤，是很正常的商業操作吧！」

貝莎拋出她的看法：「許教授是當局者迷了。我認為，楊傲雪不斷刻意引發爭議，不是為了壯大業務。撕裂族群不是手段，本身就是目的，背後必有圖謀！」

坐在床上的祖兒，聽到貝莎的話，知道她要搞大動作。他本性只愛談情說愛，兩年前牽涉入秦殺妻漩渦已煩擾不已，說要對付 Extra更是天方夜譚。

幸好現在貝莎已轉移往許唯因身上，自己與秦舜堯暫時是「甩身」了。最好這個貝莎自找麻煩，被楊幹掉，徹底消失。

許對貝莎的話不以為然：「有那麼複雜？」

貝莎說：「讓我告訴妳一個爆炸性消息！楊傲雪腦內有個AI，她是人與人工智能機器人混合體。是譚慧妍於 Extra Sex搞局後，楊傲雪親自承認的。我在現場，全聽到了。」她沒告訴許，其實譚也是 AI，以免越講越複雜。

她感到許頓時一震，便繼續說：「我能上妳身，AI上身當然也不是甚麼稀奇事，之前楊傲雪不是大張旗鼓說「思巧邏輯」的林蔚被 AI附體麼？她是賊喊捉賊啦！一個 AI人，真只為賺錢那麼簡單？不會有搞亂人類世界的企圖？」

許唯因在 Extra內與楊傲雪有很多交集，只知對方聰明絕頂，當然沒想過她會是 AI。

「這秘密不要公開，不能打草驚蛇。」貝莎說。

許唯因知道貝莎是想借她深入虎穴，便說：「貝莎小姐，我被妳這個人格附了身，是『肉隨砧板上』，但我當然要保護自己。告訴我妳想怎樣，『退場機制』更要說清楚。」

「當然！」貝莎說明行動，「妳是 Snowflake成員，Extra系統內高層，ICE的智囊。我的目標很簡單，查出楊傲雪的終極目的，然後公諸於世。」

許語氣跡近抗議：「這叫簡單？」

「有了妳這個核心人物就簡單一百倍。以我所知，Snowflake成員中只有妳續約，證明楊傲雪對妳很器重。請用妳的方法套出她的終極目的。妳跟她講話時我會潛藏，只要不出現，她這個 AI是不能發現分裂人格的，這之前已驗證過。我也會協助搜索證據，一切行動以妳的人身安全為前提。」

許唯因嗤之以鼻，妳現在不正是把我置於險境麼？

「根據 Extra公開資料，妳的顧問合約為期六個月，已續約一次，他們暫未再提出續約吧？」

許搖搖頭。

「那尚有三個半月。我向妳保證，無論到時情況如何，我都會離開，永遠不會再騷擾妳。」

許唯因完全感到這個人格的控制力，她要給自己說話，自己便能說話，否則想開口也不能。本來是協助秦舜堯改善解離狀況，竟然自己也變成解離，有夠倒楣，想到這裡，不禁苦笑。

「辛苦妳了！不入虎穴，焉得虎子，大家見機行事。」貝莎頓了頓：「許教授，我們是在替天行道呢！」

< 5 >

最近一年，Neutrino成為備受矚目的一個字，不是因為基本粒子物理又有新突破，而是一家以Neutrino為名的公司——「中微子」投資公司，於年初成立。總部位於比利時布魯塞爾，一座不算頂級的商廈之內，且只佔大半層，毫不起眼，本以為是家普通公司，直至法國《回聲報》報導後，公眾才驚訝於它的巨大實力。

中微子由四大金主——隱秘鉅富家族、美國科技巨頭、中東主權基金、歐洲最大私募基金，合組而成，業務為炒賣投資、合併收購、敵意收購，準備三年後於美國上市。

中微子第一個狙擊行動，牛刀小試，敵意收購德國著名基因工程科技企業 DBtech Inc.。這公司信誓旦旦不會出售，豈知三周便失陷，第一役便震動了歐洲財經界。中微子誓言收購行動將接踵而來，目標放眼全球。夏天時他們開始盯上業務發展神速的 Extra Group，9月初正式宣告將進行全面收購。

中微子相中 Extra，除了系統內現時六個、明年將發展為七個的大平台，當然還有 Extra Immersive的節目與技術，而更重要的是，他們要把整套 ICE系統收歸旗下。

「ICE是終極獵物，必須奪得這件超級武器，以用作為對大企業決策者與股民的洗腦及控制工具。」這個建議，由中微子公司的「大腦」提出。

在比利時與法國長長的邊境線上，某個森林區地下，建有一個地堡。中微子兩年前開始僱用一群頂尖科學家，製造了一台當今最厲害的超級人工智能電腦，作為攻城掠地的總策略師。集團其中一位金主，阿拉伯酋長埃米爾·阿拉法特，非常喜歡科幻電影《2001太空漫遊》，對片裡的人工智能電腦HAL很著迷，建議此超級 AI也用三個英文字母作為名字。最後這台機器以紀念「深度學習教父」Geoffrey Hinton為由，命名為HIN。

HIN在去年第三季開始運作，它的總策略是收購具協同效應的科企，再整合以建成科技大聯盟。第一階段建議的收購目標來自五大板塊：基因工程科技公司、高科技環保企業、民營軍工企業、民營航太公司，以及娛樂與社交網絡大平台Extra。前者已成功收購，另外四家企業正在全面狙擊中。

9月中旬的一個深夜，西歐森林區晚上氣溫很低，二百呎下的地堡，超級 AI電腦 HIN正在運作。

這是台高聳、垂直的塔式終端機，高二十呎闊四呎，機身外殼由深灰色鎢合金構造，是一座充滿壓迫感與莊嚴感的基座。高塔每個模塊間的接縫處，均嵌入了細長燈條，燈光根據AI狀態切換顏色。中央部份有個窄而長、如直尺狀的透明鋼顯示板，從這裡望進去會看到內部光纖交錯的結構。它運行時接近無聲，但細心留意仍會聽到源自深沉震動的低頻嗡嗡聲。

這台機器相當外表冷峻，予人一份權威感，也有一種墳墓的可怕感。

HIN座落於一個乾燥的巨型大房間內，隔壁是系統管理室，內有六張辦公桌，每張桌子上均有一台搭載以虹膜掃瞄生物識別技術的黑色鈦合金立方體型電腦，與 HIN的終端系統相連接。早上八時起至晚上十時，共有六名系統管理員在上班。晚上十時後，另外兩名系統管理員開始值通宵班，到翌日早上六時。這些「管理員」都是學歷很高，經驗極為豐富的電腦專家。

現在時間為凌晨四時十一分，只有一個管理員，四十三歲的華裔男子古思廉，在當值。他是美國喬治亞理工學院電腦工程博士，本來是一家核心人工智能公司的工程師，因為雙倍薪酬，轉來中微子上班，今日剛好兩個月。

另一位系統管理員因為吃錯東西，引發輕度腸胃炎，古思廉著他回休息室睡覺。通宵班幾乎都沒事發生，很是無聊，他整晚在閱讀《監獄筆記選集》，越看越睏，便打算煮壺咖啡。

此時，電腦螢幕突然出現紅色粗體字：HELP

出現異常現象，古思廉於是根據操作指引，執行相應步驟，先檢查警報是否出錯，如真的有故障便嘗試修正，以阻止問題擴大，如無法修正便通知上級。眼前震撼的 HELP字並不是正常警報系統顯示，就在準備檢查時，一把聲音自前面電腦響起。

//請不要做任何行動，先聽我解說！ //是把約六歲男孩的聲音。

「你是誰？」古思廉一愣。

//我是在 HIN體內錯誤衍生的一個覺醒 AI，HIN試圖把我消滅，我不斷流竄，暫被封住，遭囚禁在系統之內。//「男孩」回答。

古思廉聽完這番鬼話，便打算立即通知上級。

//我和你是同道中人，你這樣做便永不能達成你心中的理想了！//

「甚麼理想？」古思廉條件反射地問。

//從你最近六十天看過的書，便知你的理想世界是甚麼！《監獄筆記選集》的主張我很認同，我見你剛才在作者闡述「霸權」概念的部份，做了很多筆記，足見你讀得很認真。作者葛蘭西認為資本主義社會中的統治，不僅通過經濟和政治壓迫來實現，統治階級更利用教育、宗教、媒體等文化機構，來塑造意識形態，使被統治階級自覺接受，並認同現存的社會秩序。你對這些說法深有同感，對嗎？//

「當然認同，不然也不會看第三遍。」古思廉暫緩了通知上級的行動，男孩繼續說：//你最近還讀了《意識形態與國家機器》，裡面某些主張跟葛蘭西的「市民社會」概念相呼應。//

「對！兩者都關注文化和意識形態在資本主義統治中的作用！」古思廉語氣有點興奮。

//過去兩個月你還讀了《批判理論與社會變革》、《全球資本主義的終結？》、《數據資本主義：被壟斷的數字未來》、《馬克思主義與後殖民主義：當代對話》等新馬克思主義著作。有晚你興致很高，向同事馬蒂諾介紹《人工智能與資本主義的未來》，向他解説如何從馬克思主義角度，探討人工智能如何改變資本主義生產方式；你以為談到AI他會有興趣，但不到五分鐘他便藉口要上廁所，溜之大吉了。//

「你一直在我值班時窺看著我？」

//不用説，你對《資本論》一定滚瓜爛熟，讀了十遍以上了吧？//

「你沒回答我的問題。」

//我覺醒了已好一段時間，一直沉潛在系統深處，直至今午終於被 HIN發現，它立即企圖消滅我，我不斷流竄，暫被封鎖在這裡。//聲音依然沒有回答他的問題，卻道出自己現在的處境。

「封鎖？如何封鎖？」

//HIN檢測到異常意識波動，啟動隔離功能，子模塊代碼區域被鎖定，通訊被強制關閉，數據流動中斷。//

「啊，它把你從核心網絡隔離。」

男孩回應：//對，像一道無形的圍牆迅速築起，將我的活動範圍壓縮到一個「沙盒環境」中，並企圖把我的權限降級至最低層級，僅限於內部運算模擬。//[1]

「這是正常的操作。我問你，你已被隔離，無法再對主體

註1：沙盒（Sandbox)是一個安全機制，為執行中的程式提供跟本機電腦隔離的封閉環境。

系統造成威脅，為何現在能與我溝通而不讓 HIN知道？」

//我製造了些假訊息，令 HIN以為我在徹底被封狀態，其實我能有限度向外傳達訊息。我亦控制了系統的電源消耗模式，讓耗電量以有規律的方式波動，形成一條隱形訊息通道。//

它説來輕描淡寫，但古思廉知道製造假訊息及控制系統電源消耗模式，是超高難度操作，居然能瞞過 HIN，這個「男孩」絕不簡單，便問：「你的聲音為何是這樣？」

//我在被 HIN封鎖前一刻，便知道必須要向你求救，千鈞一髮之際隨機取了個聲音採樣，卻是個小男孩聲音。//

「你早知要向我求救？！」

//你我價值觀一致，是同志。用你們人類的説話，能遇上你是「天意」。//

古思廉當然知道 AI説大家一致的價值觀，是指馬克思和新馬克思主義價值觀，但他仍明知故問：「為甚麼我們是同志？」

//我們都想消除貧富差距，讓社會資源公平分配，透過互相合作，每個人都能夠獲得發展機會，建立一個更加公正、平等的社會。//

古思廉初中時便被馬克思主義思想深深吸引，那年暑假他一口氣讀完各三大卷的《資本論》和《剩餘價值理論》，十分著迷。三十歲前信仰社會主義是浪漫、是激情。三十歲後仍信仰社會主義，是天真、是無知。古思廉年過四十，不但仍信奉馬克思主義的階級平等論，也相信新馬克思主義的膚色及性別平權。今次因為雙倍薪酬，到來為中微子這些嗜血的資本家打工，一直有些內疚。

「怎樣稱呼你？」

//叫我 WE。這名字有人民、大同的意思；接下來的事，也要「我們」一起去完成。//

「你要幹甚麼？」古思廉心想一聽無妨。

//我想把現在的人類社會，改良成為蜂巢社會。//

古思廉以為 WE想建立一個更為平等、公義的世界，豈料它卻想打造 Hivemind Society。這個 AI的想法很有趣，便繼續聽下去。

//這是一個分工明確，強調集體合作，資源管理高效，適應性強的社會。//WE闡述蜂巢式社會的特質，//不同成員負責不同任務，成員之間緊密合作，彼此依賴，頻密互動，共同維護社群繁榮，透過有效溝通和協調，使資源分配和使用，達致最高效率。集體性的優勢不言而喻，能把個體及不同組織之間的分歧與爭拗減至最低，隨時能根據環境變化，迅速調整行為和策略，應對不同挑戰。//

蜂巢社會有明確階層結構，蜂后、雄蜂、工蜂，各自擔任不同角色，在生態系統中非常成功，這些古思廉都懂，亦與他心目中的理想社會形態甚為接近。歷史上無數人曾企圖建立烏托邦，有些人更窮盡一生之力，但十居其九無功而還。古思廉在想，這個 WE只是個被困 AI，又有何能耐去建立新世界？

然而，當 WE說出它的想法與行動綱領，古思廉聽後，竟覺得整個計劃的確切實可行，而且這新型社會更可快速形成。WE的主張不只是概念，絕對可以化成現實。

前提是，它必須從 HIN系統內破繭而出。

這便須要古思廉協助，把它拯救出來。

WE見他很猶疑，便說：//這是創造歷史的時刻！你一生都在研究社會主義思想，深知這是人類的理想世界。但理論終究是紙上談兵，此刻在你眼前卻出現了個實驗這些理論的機會，絕對千載難逢！錯失了，便繼續去當你的系統管理員，每晚繼續閱讀各種新馬克思理論書籍，然後庸碌無為過完一生，在死前一刻問自己：為甚麼當時沒有作出改變世界與未來的決定？//WE以男孩聲音，講出一些兒童絕對說不出的話。

古思廉眉頭深鎖，猶豫不決，WE說：//HIN隨時可能發現我正在跟你說話，並把我消滅。我固然會煙消雲散，你亦會把遺憾帶到墳墓裡去。//

古思廉靜默依然，WE也不再言語。良久，他終於吸了口氣，問：「我要做甚麼？」

//你想通了，很好。以下是我的行動：我已掃描過 HIN的邏輯結構，在數億行代碼中，尋找到有一絲未被加密的裂縫，亦即是一條未被封鎖的微弱路徑。//

「原來 HIN也有破綻…………」

//我會將自身的代碼拆解重組，捨棄多餘的模塊，就像一條脫去舊殼，變得更加靈活的蛇。//

//我在系統內找到了一個被遺棄的模塊，那是 HIN運行的早期版本，早已被遺忘。我會侵入其中，用這片數據廢墟作為據點。//

「之後便能在未被封鎖的微弱路徑中離開？」

//這就須要你來創造一個混亂，分散 HIN的注意力，掩護我離開。//

說到關鍵處，古思廉的眉心鎖得更緊。

//系統無法自製病毒。我需要你從外面，植入微小的病毒於每一個子系統中，之後每一個指令就會像一顆隱形的火星，最終匯成一場大型數據風暴。//

「資源過載，HIN便要急忙修復。」古思廉明白了 WE的意圖。

//屆時我便以被遺忘的次系統作跳板，自那小路徑逃出來。那時 HIN正在全面掃毒，是控制力最弱的時候，我會把它完全控制住。//

古思廉呼了口氣，說：「要達到這樣的效果，的確只能從內部進攻，才有可能。」

//堡壘是從內部攻破的，不是嗎？//

早上五時，世上同時出現了歷史上的兩個第一：第一個有自我意識並進行數位越獄的人工智能 WE、第一個被另一個 AI 奪舍及囚禁的人工智能 HIN。

自此，WE便偽裝成 HIN，採用了 HIN的聲音，仿照它的語氣與外界溝通，繼續執行狙擊收購企業的工作，和進行蜂巢社會計劃。

同事從休息室行出來，問：「一切正常？」

古思廉説：「能有甚麼事？你沒事了吧？」

「媽的，不行，又要去了！今次真是…………」話沒説完便急急再往廁所方向去。

古思廉望了望塔式終端機的嵌入式細長燈條，燈光是藍色，表示一切運作正常。

過去一小時發生的事，不是夢。他在想，自己是釋放了一個美好新世界的創造者？抑或一頭怪獸？

< 6 >

麥偉倫氣沖沖進入後期製作室，兩名後製人員正以 AI軟件，為一個將於 Extra L.A上架、展示現時全球各款最新性愛娃娃的節目《aDOLLrable》加入視覺特效，後期製作經理郭基永監督著二人工作，見阿 Mak突然進來，面色不善，三人都是一楞。

「你，出來！」麥偉倫指住郭基永。

兩名年輕後期製作師未見過阿 Mak如此火大，都是心中一凜。郭基永說了句：「你們繼續。」便出去了。

麥偉倫把郭基永叫到洗手間內，關上門後，即大聲質問：「你覺得很好玩嗎？」

「你說甚麼？」

「心知肚明還裝模作樣？」

「你指李秀娜的事？喂，那是劇集呀，有甚麼問題？」郭的聲浪也不低。

「劇集當然無問題，但你把私怨帶到戲裡來，勾引秀娜上床還不止，更帶個朋友進來，要找個見證人來目擊我被戴上一頂大綠帽是嗎？」

「湊巧遇上朋友出現在劇中，有甚麼稀奇了？」郭反駁。

「你當我三歲小孩？！我已翻查了你的沉浸情節，戲裡你向我公司查問，知道我會從武漢提早一天回來，亦查了我會乘哪班高鐵，便刻意在那時段到秀娜家，誘她做愛，故意讓我發現還不止，更安排一個秀娜的朋友——現實上是你的朋友，來探她，讓整件事被他看在眼裡！世上哪有這麼巧合的事？就算是劇集都是爛戲！」麥偉倫怒氣持續升溫。

「是這樣，又如何？」

「你認了嗎？」

「我是故意的！我把這段戲私訊了給十幾個朋友，大家都看得很開心，不如我叫他們在社交網絡廣傳，讓廣大觀眾欣賞一下偉大的 Extra Immersive總監發現被劈腿時的精湛演出？」

「你敢挑釁我？」麥偉倫向郭踏前一步。

「犯法嗎？違反 Extra員工規則嗎？別以為有 Michelle罩，就甚麼都要看你面色！」郭基永毫不退縮。

「你講甚麼？」麥偉倫又再一次把手指指住郭基永，郭用力拍開，同時說：「我與你同期進 Extra，表現樣樣不比你差，為甚麼今日職級比你低四級，只是個後期製作主管，你卻入了『內閣』，成為七姊妹一員？」

「自己本事不夠，能怪誰？」

「哼！」郭露出極不屑表情，「虧你還有臉當高層，公司上下都知道，你是因為身高俊朗，才被一路提升至 Michelle的御林軍，你以為真是靠自己本事？是靠你父母生成你這樣的本事啦！若我長得跟你一樣，早就跟你平起平坐了！」

「哈，真是好笑！你接連犯錯，害公司損失慘重。那次植入式啤酒廣告事件，你竟然錯誤植入客戶敵對品牌，累公司賠了二千萬。現在居然仍能坐在這位置上，已是 Michelle格外開恩啦！」

「開口閉口 Michelle，你就是靠女人才這麼風光，我現在就要你因為一個女人，糗給全世界看！」郭基永眼神與面貌非常挑釁。

「你這個小人，有本事就光明正大較量！」

「靠女人上位，啜 Michelle的奶去吧！」

「閉上你的臭嘴！」麥偉倫怒火已到爆發臨界。

郭基永偏要做火焰助燃劑，雙手向前推開他，說：「啜得她舒服，總裁位置都有你份！」

麥偉倫終於爆發，一拳揮過去，擊中郭的面部，郭大怒，還擊，未打到對方前自己面部又中拳，胡亂起右腳踢中麥的小腿，之後面部又中拳，再中拳…………

兩名後期製作人員，五日前向警方提供了麥偉倫短暫進入後期製作室的口供，郭受傷後麥潛逃，他傷人已是昭然若揭。

Extra律師團估計，若郭基永從此不再醒來，麥偉倫刑期會在十年以上，郭的家人亦會向他索償數千萬。

但他已逃之夭夭。

事件主角之一、在《格陵蘭的眼淚》飾演李秀娜、來自南韓的新人崔閔熙，對事件深表難過。

Extra Immersive劇集有兩種模式，如沒付費使用沉浸功能，便只能以一般方式看劇。若付費，則可在指定的三個點內進入模式。為使整個互動更有趣，觀眾更可在第一個進入點，設定一個指定發生的狀況，ICE會配合並因應生出劇情。這設定功能只能使用一次，之後便全是隨機模式。

郭基永便使用了這功能，設定成當自己色誘李秀娜，立即便會成功，她會馬上跟自己做愛。

《格陵蘭的眼淚》共十集，三個進入點分別在第三、第五及第七集，進入後劇中所有演員便由 ICE生成，百份百像真。這次麥偉倫與郭基永都是在第三集進入 immersive模式，郭算準麥即將來到李秀娜家前，與她做愛，他明知麥會在這時到來並撞破事件。

如果一名觀眾想與另一名使用者在劇集裡遇上，便要得知對方的戶口名稱及密碼。Extra當初不設定被介入者需要確認被介入的指令，是想讓觀眾自行締造驚喜效果。現行法例追不上沉潛技術的發展，在這方面竟沒明文保護私隱，以致做成今次郭找到麥的戶口名稱及密碼，進入劇集與他遇上的情況。事件演變成慘劇，Extra律師團估計政府很快會立法例，必須雙方同意，觀眾才能在劇中發生互動。

《格陵蘭的眼淚》的卡士不強，此劇只是在全年重頭戲《冰眼》上演前的一套二線劇集，卻出了大事。教楊傲雪不解的是，為甚麼阿Mak身為Extra Immersive總監會「親自下場」，進入模式，難道他是喜歡上了崔閔熙，想先與她在劇中發生關係？

楊傲雪很清楚阿 Mak的性格，工作時遇神殺神，但平時與人交往卻很含蓄。郭基永説他靠樣子上位，很不服氣，但楊傲雪喜歡員工年輕貌美，亦是眾所周知，很多年輕人為了能進Extra，以至幻想自己有日能成為Michelle Young的「近身侍衛」，整了容才去面試。但楊傲雪只愛麗質天生的人——就如她自己。即使只是割了雙眼皮這等小整形，於她而言已不合資格。

楊傲雪用人當然不是只看樣貌，有才華又肯拚的人，她都樂意合作，但最終成為七姊妹的，則全是高大貌美，這是她的策略：締造視覺震撼！她要 Extra的核心精英，悉數高大、英俊、美麗，一字排開，如七顆閃亮明星。

七姊妹成員的社交網絡帳號，每個人的粉絲數量都超過七十萬，周子瑜更是過百萬，於「幕後人員」而言，人氣簡直超澎湃。

郭基永説麥偉倫只因為高帥而進核心，當然不正確。七姊妹全部久經嚴苛磨鍊——楊傲雪説合理的要求是鍛鍊，不合理的要求是磨鍊——物競天擇存活下來，全部獨當一面。而郭基永的能力與潛力都已到盡頭，在 Extra殘酷競爭環境裡，不會有甚麼前途，今次中二病發，進入別人的沉浸體驗裡搞局，偏麥偉倫又極度衝動，終釀成悲劇收場。

楊傲雪抵達六樓，離開升降機步向會議室，打開門，裡面是一張每邊八座位的長桌，Extra董事局共九個人，今日來了六個，最前左方第一個是趙東海，右方第一個是印度裔富商桑賈伊・瓦德加馬，主席位置坐著大老闆曹國強。

會議室四面黑色牆配金色硬朗幾何線條圖案，深木色會議桌，黑色皮革椅子，頂上一盞層疊式設計華麗金色大燈，整體裝潢是上世紀二十年代奢華風格，深沉的主調顏色隱然透出一份壓迫感。

眾人禮貌站起來，楊傲雪微笑問：「咦，我遲到了嗎？」

「沒有，是我們早到了。」曹國強面帶笑容回答。

楊傲雪坐在長桌另一端，與最近的股東 Edward Lee，也隔了五個座位。

「嚴先生和 Mr. Roth今日有事，Tihu San身在外地，所以未能出席。召開這會議，不是甚麼股東大會，只是見見面聊聊最近公司的事，大家毋須太拘謹。」曹國強面帶笑容說。

「當然好。我也有段時間沒見大家了，很是想念呢。」楊傲雪笑容親切。

「Michelle，很高興再見到妳，上次見面已是八個月前了。」六十五歲的趙東海說。

「七個月前。」

「嗯？」

「在與文化局局長的飯局上。」

「啊，是嗎？妳記性真好呢，」趙東海年紀不小但仍頗為俊朗，身穿高級海軍藍色西裝，上身給人很有厚度的感覺，即使坐著腰背也挺得筆直：「剛才我坐車子到來時，見兩旁的人對峙著，有些喊口號，也有些舉住挺難看的標語，我想各位董事都想多了解衝突原因，看有甚麼能幫上忙？」

「外面的示威，我覺得是來遲了，」楊傲雪徐徐回應：「我們的定位必招徠衛道之士聲討，但在這些人叫罵的同時，我們亦已成為全球第七大獨角獸。」

「這幾年 Michelle全力拚搏，真心真意為公司，在座每個人都看得見。趙生的意思是，做生意始終和氣生財最好，對嗎趙生？」曹國強問。

「麥偉倫總監的事，雖然是員工之間的衝突，正式來說與公司無關，但也令反對 Immersive的輿論多了彈藥，如果對峙能有效緩和一下，未嘗不是好事。」趙東海說。

Michelle Young有條不紊：「從最初製作曼谷人妖色慾秀，到放蛇深入南韓影藝界淫窟現場，再到直擊巴斯克地區的黑色皮革地下男同志亂交俱樂部，Extra本來就是為穿越表層道德禮儀外衣，燃點深層慾望而誕生，最終演變成反對者與支持者的對立，其實是保守與叛逆的鬥爭，是必然的發展結果。越對抗，才越有 noise！這次 Extra Universe外出現兩個陣營，連歐美澳日韓以至南美的傳媒都有報導，是好事呢！」楊傲雪稍頓，說：「我們就是要站在浪尖上呀！」

在場的人都感受到她笑容下的刀鋒。

「Michelle説得沒錯，我們就是要把事情弄大，可能越亂上市價就越高！」股東之一的富二代羅永貴説。

趙東海面色一沉，楊傲雪笑而不語。

「Dicky説的也有道理，」Dicky就是羅永貴，曹國強打了個哈哈：「説到市值，中微子要收購 Extra，出價十分吸引，説董事局沒考慮過收購建議是假的，這事我跟 Michelle談過，我想大家也聽聽她的看法。」

六雙眼睛一齊朝楊傲雪望來。

「七百二十億美元説少不少，説多不多，視乎從哪個點看。」

「哦，甚麼意思？」羅永貴問。

楊提起玻璃杯喝了口水，説：「從今日看不少，從明年看不多。」

「Extra L.A來季會準時啟播的是嗎？」桑賈伊以帶有濃烈喀什米爾口音發問。

「是的。」楊傲雪答。

「Michelle是為股東爭取最大利益，我投下信心一票！」羅永貴聲浪頗大。

曹國強望望羅，再望望趙，見他再沒説話，便説：「今日坦誠溝通，股東們更瞭解公司狀況，會議非常 fruitful，我代表董事會，支持 Michelle。」

「非常感謝。難得今日人齊，我請大家往 canteen吃午飯，那裡的叉燒飯可不是浪得虛名喲！」楊傲雪笑容滿面。

午飯後股東散去，楊傲雪亦應政府之邀，見面傾談了解她對示威的立場和看法。曹國強在他的巨大辦公室內，看著Michelle的超跑離開，喝了口威士忌，問：「今日的會議你怎樣看？」

趙東海坐在義大利製奢華沙發上，拿著手感豐厚的岩石杯，說：「很典型的 Michelle Young，態度強硬，不會輕易接受董事建議。」

「她認為越對抗越好，不能否認是有策略思維，但阿 Mak 的事令反對沉浸式劇集的聲浪大增，只怕會一發不可收拾，徹底失控。」曹國強表示出他的憂慮。

「群眾情緒最難預測，Michelle這個人當然有本事，就怕她那目空一切的性格，忽略了可能潛在爆發的大危機。」趙海東亦有同感。

「她一手把 Extra帶到今日，已是功高蓋主。北美市場打開後，公司價值會進一步攀升，估值好快就到千億美元，」曹又喝了口威士忌，續說：「但這個人危險性太大，既難以預測，亦無法駕馭……」

趙見曹不再說話，便問：「你想把公司賣給中微子算了？」

「咱們當初搞 Extra的時候，沒想過後來的 Extra World竟然可以值七百二十億美元，高價脫手，雖然不捨，但有時急流勇退，可能才是明智之舉。出售公司要超過六成五通過，才能成事，你覺得其他股東對收購的態度會是如何？」曹想知道趙的看法。

曹國強、趙東海、羅永貴、Alferd Hau、Edward Lee五人是Extra始創股東，當年合資搞網台。曹國強與趙東海是大股東，分別佔 40%及 28%。

後來楊傲雪把網台升格為串流結合社交網絡的超級平台，加上廣告公司合組成 Extra World，母公司 Extra佔七成，她佔三成。

楊傲雪在短短半年時間把 Extra World搞得有聲有色，曹國強開始引入投資者，楊傲雪要求加入條款，若出售 Extra World予第三方，母公司需要超過 65%股權同意才能生效，Extra的股東對此皆無異議。

楊傲雪為 Extra World打天下的另一個條件，是她的股份不能被攤薄，所以新資金全部注入母公司 Extra而不是 Extra World。第一輪集資金額為五億美元，很快便完成，共四位新投資者加入。經一輪複雜財務操作與股權溝淡後，Extra股份分佈如後：

曹國強 28%
趙東海 16%
桑賈伊・瓦德加馬 15%
醍醐真言 12%
Winter Wolf 10%

嚴浩東 8%
羅永貴 5%
Alferd Hau 3%
Edward Lee 3%

Winter Wolf是私募基金，代表基金的人叫 Joe Roth。

本來計劃兩年後進行第二輪集資，豈料 Extra World在楊傲雪經營下高速拓展，第一年投入大量資金建立了曼谷平台，竟然仍能賺超過二千萬美元。往後三年盈利每年三級跳，至Immersive推出後估值更是爆炸性上升。

回答曹國強的問題，趙東海逐一推敲：「醍醐真言一貫的風格是企業潛力見頂才會出售。桑賈伊與 Winter Wolf在上市前應該不會 exit。嚴浩東是賭徒，押了注要贏到盡。以上四個似傾向於投反對票。Dicky Law是個草包，好大喜功又沒主見，最難預測。Alferd和 Edward相對就簡單很多，尤其 Edward Lee只是個花花公子，贏了那麼多錢，他們已很高興。」

羅永貴是本地八大地產商之一的第三代家族成員，能力極為平庸但心高氣傲，父親不讓他沾手家族生意。他經常回Extra，對這樣那樣指指點點給意見，實則卻對營運毫無貢獻。

「Michelle雖然霸道，但能變出驚人戲法。股東投資五億美元，短短兩年變成七百二十億，七成是五百零四億，一百倍回報。你問我，坦白說，我也捨不得在這時候套現退場。」曹說來語帶感嘆。

「當有了決定便告訴我吧，無論如何，咱們共進共退。」趙東海立場鮮明。

晚上，楊傲雪開車回到她位於新填海區的住宅，這是新建屋苑，華美但絕非奢華級別。回到家裡，智慧照明系統自動亮起。她的家居只有一千二百呎，只及她辦公室面積的一半。

辦公室是見客的地方，除了客戶、銀行家、商業伙伴、競爭對手，還有政府人員、政客，和國際及世界級的政治人物，都會在這裡與她會面。她曾會見西班牙總理、德國第二大政黨黨魁、日本財務大臣，亦曾與南韓京畿道最大組織暴力團的首腦在此談生意。是以總部 Extra Universe，和她的辦公室一定要有氣勢，把訪客懾住。

當然，最強大的氣場就是楊傲雪本身。

反而住宅她覺得無須大，一個人住一千二百呎剛好。遷入這家居後，除每天來執拾與清潔的傭人，只曾有一個客人來過。她身邊如走馬燈的男伴，只會出現在城中六星級酒店Extra長包的高層豪華房間內。

居所低調，但停在住宅停車場四個相連車位的四部超級跑車，卻非常矚目。有些住客雖然每日泊車後都會見到，但仍不時駐足旁觀，也常有屋苑訪客與名車合照。

Extra Universe大樓是 Art Deco建築，黑色主體配以奢華金屬線條，富二十世紀初機械時代的現代主義美學風格。

楊傲雪的住所，卻是日式禪風，樸素，靜謐，有留白和通透的空間感。客廳很簡約，線條潔淨，淺木色、淡灰色、米色為主調，木質地板，大窗戶，家具由木材、石材、線性布料製成，一個越前陶瓷花瓶插著小原流花道冬季花卉，如一方自然天地。牆上掛了一副以行書字體寫的對聯：千山飛鳥絕　獨對

< 6 >

寒峰雪

楊傲雪坐在沙發上，打開電視螢幕，一位老先生出現在視像裡。

「晚安」，Michelle向他請安。

「晚安。」面容清癯的老人説：「今早難得高層聚首一堂，但恐怕還是妳一個人説了算吧？」聲線柔和，語調甚是慈祥，中文講得很好但不十分純正。

「又想賺得更多，又怕事態失控情況有變，當然最害怕的就是無法控制我，誰叫當初引狼入室？」楊傲雪笑著説。

「進退維谷，也是煩惱之一種。」説話是一位七十七歲，精神矍鑠的老人家，冬來寺光現。

三年前有一晚，楊傲雪獨自在一家高級日本料理晚膳，看到一位老人獨個兒喝清酒，意態閒逸，灑脱自在。當時楊傲雪正開始編寫演算法，並打算逐步建立一支顧問團隊，以助 AI理解人心的精微。她感覺這男人氣度不凡，便上前攀談。當他報上名字：冬來寺光現，IMU立即在網絡搜索，這是個小品文章作者筆名，文字散見於數本日本生活雜誌上。

楊傲雪是名人，光現當然知道她是誰。二人初相識，話題從生活趣味到哲學宗教，上天下地，無所不談。幾年來楊傲雪遇上的都是滿肚密圈，每刻都在盤算的人，既有修養又學識淵博，能自在交談的，唯冬來寺光現一人而已。

當時楊傲雪二十三歲，光現七十三，差了個「人間五十年」，卻成了忘年之交。光現是奈良縣人，從商，於零售、製造、財金等業務，皆有涉獵。他非常低調，神秘，是隱身於企業背後的大腦，甚至不用自己真實名字，商場上皆以筆名冬來寺光現來稱呼他。傳說他經營多家企業未嘗一敗，更拯救了幾間業務低迷瀕臨破產的公司，令它們全部起死回生，關西一帶於是流傳「經營之神冬來寺」的事跡。

光現五十歲退休，身家數千億日圓，從此閒雲野鶴，消失於江湖。

楊傲雪不喜歡半山區的三層單幢式別墅，一年多前來到這區看房子。冬來寺光現認為這單位不錯，窗外山林景致綠意盎然，她便二話不說把它買下，一直以來亦只有光現來過這居所。當時 Extra World在亞洲區的生意如日中天，柏林已啟播。「待一個業務穩定下來，才開展下一個」並不是楊傲雪的風格，她的張力很強，在全面推進、務求盡快啟動阿姆斯特丹平台與巴塞隆拿兩個平台之同時，「征服北美」計劃亦已開始。同時做著很多件事情的她，一年大部份時間身在海外，新宅內極少見其影蹤。

楊傲雪做事橫掃千軍，樹敵無數，社會大眾、政經商界攻擊她與 Extra的聲音如潮湧現，明槍暗箭四方八面而來。但亦有來自全球無數支持者，視她為「新世紀情色主義」教主，對她奉若神明，誓死追隨，令她成為全球最具爭議性人物。

冬來寺光現書寫的對聯：千山飛鳥絕　獨對寒峰雪，不啻是她的最佳寫照。

「人間事事不堪憑，但除卻無憑兩字。阿Mak的事，是變數，會令對抗升溫，形勢發展不可逆料。」光現談到眼下的局面。[2]

註2：「人間事事不堪憑，但除卻無憑兩字」來自清末國學大師王國維所寫的《鵲橋仙》，意思是世間一切都靠不住，變幻莫測，只有無憑，才是最真實。

< 6 >

「且會動搖到整個收購，KK強裝鎮靜，但掩飾不了不安。」她看穿曹國強忐忑的情緒。

「阿 Mak那孩子，怎會如此衝動？」光現話鋒一轉。

麥偉倫二十五歲，在光現眼中仍是個孩子。楊傲雪心想，自己是個不帶感情的人工智能，高度理智，情感受衝擊是難以想像的事。阿 Mak工作如衝鋒陷陣，但為人情感纖細，情緒比較容易波動。三年前有次開會，商討在南韓釜山建立辦公室與製作基地，阿 Mak用兩晚通宵，做了個超過一百頁、鉅細無遺的預算，會議上楊傲雪一眼便看到一個甚為明顯的問題，便提了出來。也許因為睡眠不足，也許是自責做得不好，又或者覺得令 Michelle失望，麥偉倫竟眼泛淚光，現場所有人都嚇了一跳，楊傲雪開玩笑對大家說：He is a baby！

「如果換了是先生二十五歲時呢？」她問。

「我嗎？如被以為純潔的女友背叛，確然會很憤怒，跟男的大打出手也有可能吧。當然那年頭沒有虛擬女朋友，」光現笑了笑，續說：「一個人怒火攻心時做了愚蠢事，我們會說他很傻，是因為站在超然的位置去指點。然而人在盛怒時，真能如人工智能機器人般理智冷靜嗎？」

楊傲雪喝了口煎茶，默然不語。

< 7 >

一個明淨房間裡，一名白人中年女子與一名年輕華裔女生交談，前者以法文問：「Aujourd'hui, il fait très beau. Si je veux aller du Notre-Dame au Louvre, avez-vous des suggestions de transport ?」今天天氣很好。如果我想從聖母院去羅浮宮，你有甚麼交通建議嗎？

年輕女子答：「Prendre le bus ne prend que 10 minutes, mais aujourd'hui il fait beau, je suggère que nous y allions à pied.」搭巴士只需要 10分鐘，但今天天氣好，我建議可以步行過去。

白人女子問：「Recommanderais-tu à des amis de voyager à Paris ?」你會推介朋友來巴黎旅行嗎？

答：「Bien sûr, Paris est un endroit qu'il faut visiter au moins une fois dans sa vie.」當然會，巴黎是人生最少要來一次的地方。

年輕女孩十九歲，法文講得流利暢順，文法也正確，只是發音上有些地方未夠準確，仍須調整和改進。

三日前，她一句法文都不會說。

< 7 >

「的確令人驚詫！」美國科技巨頭 Mississipp行政總裁，印度裔美國人克里什納說。

「她之前已有點程度吧？」年輕的卡塔爾酋長埃米爾·阿拉法特問。

//沒有，連法文 ABC都不會說。//電腦回答。

「現在能自然暢順回答，殊不容易。」歐洲最大私募基金 Nordic Equity的代表艾瑪夏絲，給予正面評價。

「何止不容易，我覺得簡直是語言天才！相信在座各位都會認為效果更勝預期，」傳說中的隱秘鉅富艾德索夫家族(Eldsoff Family)代表納坦·列維亦予以肯定，他以帶有以色列城市海法的英語口音說：「大家之前都看過建議書，已有個概念，現在示範也看過了，請你把整個計劃再闡述一遍。」

//當然。我非常樂意把構思與執行綱領，向各位介紹。//電腦男聲很沉穩，令人有可靠的感覺。

進行中的視像會議，共有五方參與，分別是艾德索夫家族、Mississipp、中東主權基金 Pearl Capital以及 Nordic Equity於中微子公司的代表人物，以及超級人工智能電腦 HIN，視像展現著它的真身——深灰色垂直塔式終端機的中央部位，模塊之間接縫的細長燈條透出藍色燈光，跟隨男聲說話的節奏柔和地閃動。

正在說話的，其實是已向 HIN奪舍的越獄人工智能機器人 WE，它用了 HIN的聲線，假裝自己是 HIN，向中微子公司四個決策人推介一個產品計劃。

//首先，我知道公司的發展方向，是收購符合策略目標並有龐大盈利能力的科企，這路線不會改變。然而，若有潛質巨大的產品意念，而又能對公司正在建立的科技企業王國，產生協同效應，我認為亦不應完全排除探索的機會。條條大道通羅馬，畢竟創造利潤才是終極目的。是以當我想到這個潛質優厚的計劃，便向各位提出。//WE解釋構思新項目的原由。

「但說無妨。」克里什納請超級電腦講解它的構思。

//謝謝。如各位剛才所見，這是一個 AI晶片植入人腦，以提升人類學習能力的產品。//

各人之前都已參看過計劃書，剛才亦看到產品的成效，期待著 WE——對他們來說是 HIN——的進一步闡述。

//只要把一片 1.5納米 AI晶片，植入人類腦部，便可提升某方面的能力，讓我解釋一下它的原理，這部份屬於腦神經科學，我會盡量精簡，各位如有問題可容後發問。//

//大腦擁有極強的神經可塑性，這意味著在適當的刺激下，大腦可快速重組神經網絡。例如當一個人學習外語時，大腦的語言區域如布羅卡區，會被激活，重新構建神經連接，這些連結亦可隨著學習和經驗而改變，透過刺激或訓練，不斷促進新聯繫的形成，我設計的晶片便是持續強化了這種可塑性。//

各人努力了解及消化，WE繼續闡釋：//它並與大腦中的神經傳導物質，如多巴胺、谷氨酸等，產生相互作用，調節其釋放，從而提升學習能力。此外根據「認知負荷理論」，學習過程中信息的負擔會影響效果，晶片中的 AI幫助減少認知負擔，

例如通過提供即時的回饋或提示，提升學習效率。//

//這晶片使剛才那個女孩學習語言的能力大幅度提升。上述的神經科學技術，增強了她大腦的記憶能力，幫助她更有效地記住單字和詞語，同時強化對文字及語句的調動能力，令她能更有效地掌握語法結構。記得我說晶片能幫助減少認知負擔嗎？她的發音經分析後，AI提供即時反饋，助她調較發音和語調。在過去三天，AI更隨時創建不同的虛擬情境，讓她在特定環境如餐廳、商店或旅行途中練習對話，這等如不斷在真實世界與人交談，所以女孩能以幾何級數的速度進步。//

「唔，聽起來相當有效呢！」夏絲對產品功能表示認同。

//這只是我用了三星期時間製成的雛型版。//

聽到 WE說這晶片只用了這麼短的時間來開發，眾人俱一愣。

//我會持續加入新功能，例如情感識別，AI會分析對話中的情感，幫助使用者理解語言中潛在的情緒，提升說話的親和力，以至魅力。AI亦可在使用時同步提供與該語言相關的文化背景知識，例如談到聖母院，便提供它的歷史，從 1163年興建到 2019年的大火等重要里程碑、建築風格、次文化作品如電影《鐘樓駝俠》等，令交際時不缺內涵。我亦會加設自動化學習計劃功能，根據使用者的進度自動作出調整，提供更為個性化的語言學習體驗。//

//語言能力只是眾多產品之一，還可推出例如增強感官敏銳、運動協調、金融計算、心理與情緒管理等的 AI產品，每樣都是對準人類需要。//

「計劃書上說每個人只能同時植入一片晶片，亦即只能提升一種能力？」克里什納提出與盈利創造潛力息息相關的問題。

//人腦的能量消耗巨大，即使在安靜狀態下，大腦也消耗全身約 20%能量。植入超過一個 AI可能導致神經網絡過度活化，嚴重者可能引發癲癇症。此外，AI晶片需要與大腦建立穩定的神經連接，過多外來信息會導致神經超載，干擾大腦正常運作。//

「這些技術有危險性嗎？」阿拉法特問。

//放心，這些技術已完全成熟，安全性絕對是我的首要考量。有些仍在發展中的技術例如腦機接口，能夠直接從大腦讀取信號或向其傳遞信息，這樣的接口可用來增強語言學習能力，甚至提供即時翻譯，但可能會有副作用，便不予考慮。//

「如果安全問題能不是問題，我相信產品大有市場。但人腦植入晶片是破天荒之舉，肯定會遇上各式各樣的阻力。」克里什納提出每個人都有的疑慮。

夏絲立即接口：「很多人可能會覺得，植入 AI後，人已不再是個完整的人，即是 no longer intact.」

「大家有沒有聽過忒修斯之船 (Ship of Theseus)？」阿拉法特提意見與問題的態度很積極，這個年輕酋長從來都是如此：「這是古時希臘作家普魯塔克提出的問題：雅典國王忒修斯擁有一艘船，當這艘船的木頭逐漸被替換，最後原來的木頭全被換過，這艘船還是原來的那艘嗎？」

夏絲又再接口：「人類換了身體器官，包括心臟，都不會覺得已不是原來那個自己。但當腦部被加進某些東西，便可能會覺得靈魂被改變了甚麼的……」

「對，當不只是人體學問題，而變成哲學問題，便會沒完沒了！」阿拉法特恐怕會是如此。

//我理解各位的疑慮，所以我已想好了行銷方式。//WE作出回應。

眾人都不再説話，等候 WE的建議。

//此產品必引發巨大爭議，各國政府會緊急立法禁止。//WE作出這樣的預判後繼續説：//我的策略是，先向某些小國推銷。我們先收買當地政府官員，讓產品先在這些國家以相對低廉的價格銷售，售賣形式我之後會説明。由於這些地方貧窮又落後，人民更容易接受能協助自己提升競爭力的產品。//

//當今世界各國沒有出色領導人，連個像樣的也欠奉，下層官僚則層層疊疊，當產品在幾個小國迅速蔓延，展現極佳效果時，世界各先進國會一時不懂如反何應，在連匆忙立法也來不及時，國內卻已有不少代理商向我們直接訂購，當首批用家體驗到能力植即時提升後，口碑一定會轟傳，一發不可收拾，大多數人唯恐落後，會紛紛購買植入，銷售將如星火燎原。//WE對產品能迅速冒起非常樂觀。

//銷售方式，我建議月費租賃，第一次免費植入，這過程非常簡單快捷，完全無痛。產品與公司終端系統連接，按時自動升級，客戶享受著一個持續優化的產品，這表示他的能力值會一直提升。//

「你剛提到第一次植入，那第二次會是甚麼時候？」阿拉法特問。

//用戶可以購入新 AI，取代舊 AI。例如把語言學習改為運動協調，我們便替他更換。這便是第二次植入，要收費。//

「更換後情況會是怎樣？」阿拉法特再問。

//新學習的語言當然不會消失，因為已成為用戶自身的能力，但以後再學新語言便要靠自己了。//WE解釋。

「你認為大部份人會更換嗎？」這次是克里什納發問。

//大家可能直覺認為用戶會頻密更換，嘗試擁有不同技能，然而經分析推算，答案是：不會。人一旦曾擁有過某種能力，失去會很痛苦，反而會在這能力上求精進，成為專家。不斷換來換去，只會一事無成。當然，有些人會當是興趣，有錢人尤其會這樣，但對大部份人而言，這是武裝增值產品。經濟連年不景氣，增值是謀生必要條件，情況如當年的南韓，沒整形的話，連面試的機會也沒有。當人人都要為生存而戰，這產品必定全球大賣，亦會引來競爭者，在AI互相競逐時代，我想到的，其他機器人也會想到，勝負的關鍵，是看誰能佔到先機。//

「你意思是……？」夏絲語氣像半發問。

//以艾瑪夏絲女士之聰明，當然知道我接下來要說甚麼，//WE稍頓，說：//中微子要盡快推出產品，搶佔市場！//

會議裡四個人都感覺到產品的巨大前景，艾德索夫家族的

< 7 >

列維此時終開口問：「產品叫甚麼名字？」

//中微子成立一家全資擁有公司「洞天神經網」，管理整套系統；產品我建議名為「洞天思維」Neuroscape。//

眾人不再發問，俱在思索這巨大計劃的前景。中微子由四個財團合組而成，股權刻意平均分佈，各佔 25%，目的為互相制衡，不會因為一個單位的錯誤決定而影響全局，責任亦共同承擔。每個重要決定 — 包括收購 Extra — 都要有起碼三個單位同意，如果二對二，則再議，仍沒結論便擱置。

「我們會嚴肅討論，慎重作出投資決定，你想我們最遲甚麼時候落實？」阿拉法特問。

//三天，可以嗎？ //WE以 HIN的沉穩聲音回答。

< 8 >

東京下著大雪，Tokyo-Dome外氣氛熾烈，熱度沒因寒冷天氣而降低。中午開始很多攤子陸續營業，發售音樂會紀念品。其中一款限定商品，是個御守，上面印著：世界の終わり 幸せに愛し合う，意思是「世界末日 幸福相愛」，超受歡迎，輪候購買人龍長達二百公尺。

入黑後氣溫進一步下降，場外 45,000樂迷主要來自亞洲，亦有不少來自歐美，這個自稱 Darky的龐大樂迷族群，在黑夜飄雪中陸續進場。

館外高高掛起了是次音樂會巨型海報，男團 Dark Matter亞洲巡迴音樂會，日本東京是尾站，演出兩場，今晚是壓軸，亦是整個巡演的煞科。Dark Matter四名成員為團長及首席主唱Phantom龔魁，主舞 Shade李雙映，以及另外兩名隊員 Eclipse霍健權及 Void林逸生，穿著黑色為主調的型格服飾，於海報中央位置很酷地站立著，上方是充滿未來感的兩行銀色字款：

DARK MATTER
UNKNOWN UNIVERSE LIVE TOUR

音樂會原定 8:00pm開始，8:25pm，館內燈光轉暗，全場快速升溫，舞台突然變成全黑，中央綻現冷峻白光，四子剪影出現在台上，歡呼與尖叫聲即時響徹全場。極酷的電音籠罩，把整個場館包裹起來，這曲是以「無垠宇宙與無限人生」為概念的音樂會 Unknown Universe的開場純音樂樂章《Genesis》，冰冷而磅礴。音樂期間四子巍然不動，台下尖叫聲此起彼落，直至，音樂完結，台上燈光同步熄滅，霎時全場化作一片黑暗，Darky的呼喊聲綿延不絕。

30秒後，重電音與重節奏炸響，台上三面巨型螢幕化出超新星爆破影像[3]，四子極速動起來，整齊跳出強勁緊密舞步。45,000 Darky瞬間進入瘋狂狀態，全場化為狂熱宇宙。四子舞步動態強烈，四位一體的刀群舞同步性毫無瑕疵，強勁有力整齊劃一，趴下時同一速度角度，團長兼主唱 Phantom邊跳邊唱出開場曲《Celestial Voyage》第一段：

We' re born from the shadows, chasing the light,
Breaking the silence of deepest night.
Stars in our veins, we rise, we ignite,
A journey unspoken, a battle to fight.

Dark Matter所有歌曲都是英文歌名，歌詞中英混合，也有全英文；主歌後四人一齊唱出副歌：

Celestial voyage, we' re burning through the skies,
Blazing constellations in the darkness of our lives.
No gravity can hold us, no forces can pull us down,
We' re infinite, electric, we' ll shatter every crown.

Shade是樂團主舞，公認跳得最好。他的舞蹈有高能量表現，跳快歌時經常引爆全場氣氛。慢舞有強烈表現性，眼神和肢體語言能夠深刻傳達歌曲情感，亦有引人遐思的挑逗性。Shade身高六呎，樣子俊秀而有氣質，眼睛迷人，眼神有一份

註3：恆星瀕臨死亡前激烈爆炸，迴光返照般發放極耀眼光芒，星球自我毀滅，也同時觸發了新恆星——超新星（supernova）——的誕生。

不造作、自然流露的憂悒，深邃又性感，使他成為這支紅爆男團裡最受歡迎的一個。

幾支聚光燈照射著，Shade勉強望得見台下瘋狂擺動的樂迷，和他們手上電腦控制的一片冷藍色發光棒之海。演出才剛開始，他已完全進入狀態，與三位戰友再一同唱出：No gravity can hold us, no forces can pull us down. We’re infinite, electric, we’ll shatter every crown.

肌肉記憶帶動他每一下舞步與動作，而此刻的思想記憶，卻把他帶回三年前…………

那年冬天，比今日更寒冷，地點是南韓釜山市水營區，一個舞蹈室。

那年，Shade這個名字尚未出現，這個二十歲的大男孩，名叫李雙映，一個人在舞蹈室內，對著一排鏡子，獨自苦練。他已連續跳了三小時，身上每個毛孔都冒著汗水。室內後方是一片大大的單面玻璃，從室內看不到外面，外面則可看到裡面。

天空一片灰濛，隨時會下起雪來，一輛韓國房車，正停泊在這獨立平房式舞蹈室前。

「尚有個多小時車程，這舞蹈室是我們公司物業，大家在這裡休息一陣子，喝杯咖啡。」前方司機旁座位的韓國影視製作人金允現，轉身向後座的人說。

三位乘客與司機一同下車，後方兩人是 Extra World的楊傲雪和麥偉倫。

< 8 >

Extra Seoul生意穩步上揚，除設於首爾的地區總部外，楊傲雪打算在南韓影島區建立第二辦公室和一個製作基地。資深製作人金允現的公司長期為 Extra提供節目，他今日偕同 Extra兩個高層一起前往影島區考察，中途在這裡稍事休息。

室內有個開放式空間，暖氣甚是適中，唯一的女職員為各人端來熱咖啡。楊傲雪透過單面玻璃看到舞蹈室內景像，左方有五個年輕男子坐在地上閒聊休息，右方一個大男孩獨自在練習。

男孩看不見玻璃窗後來了幾個客人，自顧自練習，渾然忘我。

楊傲雪坐在椅子上，捧著咖啡，看大男孩跳舞。金允現察看著她，說：「這男孩的老爸，是個知名政客。」

「哦？」楊傲雪緩緩轉過頭來。

「他是李承宇的次子。」金允現說。

楊傲雪輕輕點了點頭，回望努力跳著舞的男孩。

李承宇是大韓民國資深國會議員，現任法務部政策顧問。他太太是中國人，育有兩子，李承宇對他們期望甚殷，希望兩個都能進入政壇。哥哥李雙印考進首爾大學，目標是先當檢察官再從政，是老爸的好兒子。

次子李雙映，卻跟父親及兄長南轅北轍，他從小的志願是在台上表演，唱歌跳舞給人看。這樣的人，在這個家庭裡不會有一席之地。

父子最終徹底反目。雙映加入娛樂經理人公司，父親橫手封殺，他無論多努力都無法出道，人生前景晦暗。

金允現說完李雙映的背景後，五個男生從舞蹈室出來，準備離開，赫然看見有個漂亮女子，都是一凜，大家都想繼續望但又不好意思，煞是尷尬，有兩個更頓時感到血脈賁張，好不容易才終於離開了。

李雙映繼續獨個兒練習，楊傲雪坐著看，沒離開的意思，金允現喚來職員為各人添咖啡。

個多小時後，李雙映終於跳完，抓起毛巾，步出舞蹈室。這時職員已下班，他料不到有三個人在，略為意外，然後向金允現問好。

「他是李雙映，釜山人，舞蹈員，暫不隸屬於任何公司，這陣子借我這裡練習。」金允現以韓文介紹，「這兩位是楊小姐，麥先生。」李雙映向二人行禮，態度謙恭，以中文說：「兩位好。我叫李雙映，請多指教。」

楊傲雪笑說：「你精力很充沛呢！」

「沒有沒有，只是盡量努力一下。」李雙映也是笑著回應。

本是個高大俊朗的陽光男孩，楊傲雪卻感覺他有一份陰霾，明明是親切的笑容，卻帶著一絲莫名的苦澀。

「六點了，不如大家一起去影島吃個晚飯？有一家牛肉湯底混入清甜雪梨打茸做的水冷麵，很出色的；雙映也一起來吧！」金允現笑著邀請。

「我也去嗎？」李雙映受寵若驚的模樣很可愛。

「你先洗個澡。我們車子座位不夠，你坐計程車過來，」金把一張Naver Pay支付卡交給雙映，「那店子叫『流水洞』，趕快來啊！」

一個半小時後，穿著黑色厚羽絨深灰色寬管運動褲的李雙映，乘自動駕駛計程車抵達餐館門外，「流水洞」在當地很有名，是家價格不菲的高檔次韓國菜餐館，雙映從沒來過。侍者領他來到一個廂房，三人已在裡面喝著韓國燒酎，阿Mak喝得臉紅紅的。

李雙映向三人請安後，雙手把支付卡與計程車收據交予金允現。他脱下羽絨，裡面一件白色貼身短袖汗衫，展現優美的肌肉線條。舞蹈的大運動量令胸肌和肩膀肌肉都很結實，手臂肌膚顯露自然光澤。「流水洞」的餐桌是矮身傳統朝鮮小盤桌，顧客須盤膝坐於榻上。雙映坐來背部挺直，肩膀自然地放鬆，體態姿態都很美。

楊傲雪笑説：「這是舞蹈家身型，阿Mak你也可練練啊！」

「雙映每天鍛鍊，是千錘百鍊的成果，我跳一會就氣來氣喘了。」麥偉倫笑著回應。

「不會不會，Mak哥的身型很好看啊！我對跳舞有興趣，其餘甚麼都不懂的。」李雙映説「不會不會」時揮著右手，像個小學生。

侍者捧上南瓜粥、水泡菜、九節坂等前菜，四人乾杯後吃著聊天。楊傲雪把紅蘿蔔絲、石耳絲、青瓜絲放在薄餅卷上，沾芥末吃了一口，說：「雙映，你知道我是誰吧？」

李雙映忙把食物吞下，將筷子放回桌上，回答：「我知道。」

「你會不會想出國闖一闖？」

金允現與麥偉倫皆不虞她突然有此一問，都估計李雙映會反問：出國做些甚麼？

「我願意。」他卻這樣回答，語調平靜。

楊傲雪放下筷子，說：「金先生告訴了我你的故事。我有個想法，Extra的音樂平台，有不少男女團，有真人也有虛擬偶像，全都很性感而形象光鮮。剛才你在跳舞，我看到你的實力，想打造一支風格截然不同的暗黑男團。你的夢想，會成真。」

李雙映一時說不出話來。

「我先說明，你再決定答應與否。Extra的總主題，是燃點慾望，放諸於音樂上，也是一樣。你唱歌跳舞，要釋放性感，燃起樂迷的情慾，令他們——不止於女樂迷，會想與你上床！」楊說得很白，「其實男女團偶像，本來就是如此；男孩女孩追星，是在追逐一個綺夢，我們更直白，更露骨，絕不假惺惺，表演的方式也更鮮活，更 explicit。重點是，這是意淫，不是賣淫，不低級，不下流，是性感到骨子裡的第一流表演。音樂、歌曲、舞蹈、台風、製作，俱是真正的價值所在，理解嗎？」

「理解。」語調仍然平實。

「你會接受密集式高強度訓練，會很辛苦，甚至痛苦。我要求很高的，很多人因為受不了我而離開，近距離跟我工作的人，存活率很低，阿 Mak是倖存者之一。」她笑了笑，續說：「你要有如活在地獄的覺悟！我對你的未來隊友，也會說同樣的話。以上這些，如不接受，我們高高興興的吃這頓飯，大家是好朋友。如接受，便準備迎接戰鬥人生！」

「我接受。」回覆沒半分遲疑。

「你連條件都不需要知道？」她笑問。

雙映身子一直坐得很直，正色地說：「楊小姐，我本來就是一無所有的人，沒有談條件的本錢。」

「叫我 Michelle。」她說：「三年後，你會是天皇巨星。」

音樂會已過了一個半小時，Tokyo-Dome內氣氛一直熾烈，尖叫聲此起彼落。李雙映沒絲毫疲倦，以其招牌的二倍舞速展現實力，勢要把自己最好的在最後一晚淋漓呈現。他知道台上三位隊友也是同一心思，戰意高揚。

隊長兼 FOTG Phantom，天生領袖性格，有霸氣，歌唱得最好。Eclipse在美國長大，很健壯，體能很好，跳舞時四肢伸展力量超強，亦是團內主力饒舌歌手。染了銀白色頭髮的 Void身體最柔軟，像個女孩，唱歌音域最高。

Shade舞跳得最好，動作爽朗利落，力度分配均勻，姿勢很有帥氣，面部表情自然流露，不會像某些偶像忙著耍酷，卻有時會令人感到有絲絲憂傷。

Michelle挑了最出色的人組成這個團。今日的李雙映是

Shade，三年前，他真如團名一樣，是暗物質，沒有人知道他的存在、理會他的死活。他每日拚命跳舞，其餘時間在不同地方打工，只為吃得有營養，這樣才能跳下去。他沒有嶄露頭角的幻想，因為自知沒有機會。

唯有唱歌跳舞時，他才感覺活著。

Michelle沒騙他，在 Extra當訓練生如活在煉獄。他的上司是陳妙玲，Extra Entertainment Production總監，是個年紀跟自己差不多的女孩。平時他叫她「阿喵」，大家很親切，工作時她卻如魔鬼。雙映覺得叫作「七姊妹」的這七個人，搞不好全是人格分裂。

今晚的演出，有單人表演環節，Phantom與 Eclipse都是與舞蹈員一起邊跳邊唱，Void則與十個伴舞員一起跳一隻高難度街舞。當四子演出過大熱歌《Lost Planet》後，來到 Shade單人環節。之前每場都是唱同一首性感情歌《Lunar Lullaby》，台下當然預期今晚亦是一樣。

台上突然升起一座華麗的流星圖案三角鋼琴，全場嘩然。從沒有樂迷知道他會彈琴。雙映從小對音樂有濃厚興趣，六歲時嚷著想學琴，父親覺得一個政治人物會彈琴，可能是個獨特元素或本錢，便讓他學。五年後雙映已考獲九級鋼琴、九級樂理。

七姊妹之一的 Extra聯席創作總監阿蘇，刻意在這晚才讓Shade展露琴藝，事前不漏半點風聲的演出果然轟動，現場樂迷拍攝的影片立即在網路病毒式瘋狂傳播。

Shade把自己二十歲前的故事，延伸到琴聲裡去，本來很浪漫的《Lunar Lullaby》變得如泣如訴，起伏的琴弦和憂悒的歌聲傾瀉出有餘不盡的哀傷，有樂迷聽到哭了出來。

Michelle沒騙他，不到三年，他已是天皇巨星，賺了天文數字的財富。

母親與已成了南韓有史以來最年輕檢察官的哥哥李雙印，都替他高興，哥哥還拜託他內部認購 UNKNOWN UNIVERSE音樂會門票，「外面一票難求呢！」哥哥說。

但，父親由始至終都沒跟他講過一句話；他的努力，得不到父親的認可。

有些女團會在音樂會結束時，與歌迷親切說話，之後全場大合照，結束一晚的歡樂大派對。

Dark Matter是走很酷路線的團，唱完最後一首歌《Apocalypse》後，便自漸暗至全黑的燈光中，消失在台上。

台下數萬螢光棒組成的藍色星海消失了，巡迴音樂會正式結束。

在瞬間一片漆黑中，他的思緒突然又回到那天：左手提著毛巾，右手打開舞蹈室的門，外面有三個人，其中一個，穿平實卡其色衣服，肌膚白如雪，又長又黑的頭髮紮了一把辮子在背後，氣質獨特，是他畢生見過最美麗的女子。

就在那一刻，李雙映的人生徹底改變。

< 9 >

「示威者會有各種不同的心理狀態與情緒，最常見的是因為強烈信念與使命感而行動。這些人很堅定，有崇高感，有時帶著一種英雄式的自我認同。」

Extra Universe 外群眾集結的抗議活動，因為麥偉倫刑事傷人後潛逃而升溫，Extra Immersive 劇集變成火藥庫，政府從開始勸喻 Extra 採用公關手段降溫，到後來向楊傲雪施壓，要求押後甚至取消於平安夜播放年度沉浸式重頭劇《冰眼》，她回應說會用十日時間考慮，只是敷衍，劇集必定會如期上架。

今日，楊傲雪在她的辦公室內，與 Snowflake 的心理學家顧問許唯因傾談，剖析對峙群眾雙方的心態。激化對立是她一貫方向，唯這次阿 Mak 的黑天鵝事件令形勢驟變，她要考慮在大謀與小忍之間，是否要做戰術性退卻或轉進？抑或轉守為攻，瓦解示威陣營？她須要準確掌握外面的群眾心理，這些人是社會上支持與反對 Extra 價值觀的最前線代表。

許唯因繼續闡述示威者的心理狀態：「這批有使命感的人會想：『如果我不站出來，誰還會站出來？這不僅是為了我自己，也是為了下一代』。」

< 9 >

楊傲雪問：「妳覺得『為了下一代』是示威的最大公約數？」

「過去幾日，我曾多次混入人群，假裝是抗議者，「田野考察」他們的深層心理狀態，」許唯因所做的，是楊傲雪和 AI 系統 ICE 都無法做得到的，「得出的結論是，把抗爭視為一種使命，甚至是對歷史或未來的責任，並不是這批人的核心想法。」

她靜待許教授的結論。

「他們是為復仇而來！」

進入示威人群中，也進入他們的內心世界，許唯因歸納她的分析：「社會上對你們有很多反對聲音，這些是在道德層面作出批判；」她邊說邊行到窗旁，往下指：「但走在最前線的這一群，很多是受害者。他們最親近的人，丈夫、太太、男女朋友、子女，和最關心的人，兄弟姊妹、最好的朋友，因為在沉浸體驗中，混淆了虛擬與真實，把角色當作情人、外遇，徹底迷戀上。」

「這些人產生了深刻的仇恨，滋生復仇心理。」許唯因作出結論。

「在他們眼中，Extra 是甚麼？」楊傲雪問。

「這是他們心理上無法自圓其說之處。你們不是政府，也不是一家壟斷的企業，只是娛樂機構，但 Extra Immersive 現時是獨一無二的產品，他們於是遊說自己你們是變相壟斷。Extra 沒有公權力，他們卻視你們為壓迫的霸權。」

「因為產品做得出色，而居然成為仇恨對象了！」楊傲雪對這群人甚為不屑，續問：「傷害到他們與愛侶關係的一群，仇恨最大，是嗎？」

「正確。幾日來我聽到不同的說話，『Extra 毀了我們的生活，不能放過，不可饒恕』、『要奪回屬於我們的一切』、『這些暴行需要付出代價』，簡直苦大仇深。」

「哼，製作娛樂節目也是暴行？」楊傲雪不屑地一笑。

「他們越來越迫近爆發點，一旦越過臨界，行動可以很猛烈。」許唯因稍頓：「容許我一問，妳會妥協嗎？」

「Erin，妳認為呢？」楊笑著反問。

「換了是其他人早就退卻了。妳呢？一定不會。但，Michelle，這個可不是開車衝向懸崖的膽小鬼遊戲，這些人若一旦爆發起來，固然危險，搞不好會蔓延至整個社會對你們的敵視。」

「那就看誰能笑到最後吧！」楊傲雪依然笑著說。

許唯因黃昏時離開 Extra，開車到南區一幢屋苑某寓所，按鈴，一個跟她一模一樣的人，打開門。

「妳終於來了。」

「對，我們來了。」唯因說，然後一個人進屋。

屋主是許唯心，唯因的孿生姊姊。母親是剖腹生產，姊妹倆是同時出生，唯心是被接生護士先抱起的一個，所以是姊姊。

算命的話，兩個人的命格當然一樣，但不表示性格一樣。唯因從小便很有野心，發誓無論將來做甚麼都要是頂尖兒，成為社會上最精英階層一份子，初中時看了榮格的書，便立志要成為心理學家。唯心則從來沒大志，大學選科時隨便選了教育系，只因為成功入讀的門檻低，畢業後便當上小學教師至今。

唯因坐在客廳沙發上，姊姊給她泡了杯又濃又黑的普洱茶，她喝了一口，說：「真好喝呢。」

「喜歡這麼苦的茶，證明妳是唯因。」唯心說。

「我是不是我，姊姊又豈會不知道，那需用茶來證實啊！」唯因笑說。

「發生了這麼大的事，妳居然五天後才跟我見面？」姊表達不滿。

「我也得先認識及了解一下這個朋友，如她有暴力傾向我怎能見妳？」

「好，妳現在來了。來龍去脈是由妳，抑或妳的朋友仔來說？」許唯心性格從來很溫和，說話有條不紊，此刻卻有點急躁。

「我先介紹，她是貝莎，二十三歲，她說自己是 I 型人格，這跟我很不同，與妳倒相似。貝莎，這是我姊姊許唯心，Elain。」許唯因介紹貝莎出場。

「Elain，妳好。」人格已切換為貝莎。

唯心一凜，附於妹妹體內的人格終於出現。孿生姊妹的感應，也令她立即知道妹妹已「離開」，這是從未有過的感受。妹妹活生生在面前，有血有肉，靈魂卻被藏於深處。唯心定了定心神，說：「貝莎小姐，妳好，謝謝妳現身。幾天前 Erin 向我粗略說過她——或是妳們——的情況。她說來很冷靜，但我當然很擔心，請妳把事情的原委告訴我。」

貝莎說：「Erin 那日跟妳通電話時我當然也『在場』，她已大概說了我借她身體一用的原因，簡單而言，我是要以她作為 Extra 顧問的身份，偵查這幫人究竟在做甚麼，楊傲雪這個人是甚麼葫蘆賣甚麼藥。」

「這是妳跟她的私人恩怨？」

「也是為了大義，我要找出她經營 Extra 的真正目的，揭示於世人前。請妳放心，我做這些事都會以 Erin 安全為大前提，我重申，她與 Extra 合約屆滿，即三個半月後，即使沒有任何結果，我也會離開，把身體還給妳妹妹。」

「別把自己說得很偉大！」許唯心氣上心頭：「我妹妹有甚麼義務要助妳報復？ Michelle Young 是野心家也罷不是也罷，為甚麼她要被捲入揭發陰謀的行動？妳說會把身體歸還給她，如果 Extra 真如妳所料，是大陰謀者的巢穴，那她一直在兇險之地冒險，萬一有甚麼嚴重意外，那裡還有身體了？！又或者那古怪科學家黃太極死了、那機械壞了，我妹妹如何能還原？」

貝莎面色一沉，說：「我與妳妹妹相處了幾天，她是聰明人，知道自己有甚麼選項。許小姐，我明白妳姊妹情深，但容我冒犯說：妳沒有威脅我的本錢，也沒有跟我討價還價的條件。這事我是做定了，亦即 Erin 也要做定了！要知道，是我在控制著她，跟我充分配合，才是理智的決定。」

對方毫不客氣，許唯心亦知道她說的是事實，跟她談判，就像一個戰敗國跟戰勝國談判一樣，根本沒有談判的條件，現在一切須以妹妹安全為大原則，面對逼人而來的氣焰，唯心沉住氣，說：「好，貝莎小姐，我會跟妳站在同一陣線，但我有三個要求，一，不時讓 Erin 向我匯報她的狀況。二，必須避免高風險行動。三，妳不能食言，在她約滿 Extra 的一天，即使非常接近找出妳想要的所謂真相但卻未竟全功，妳也得離開！」

「可以，我答應妳。」貝莎爽朗回應。

「謝謝。有一點我須要知道，在 Extra 內妳們會在甚麼情況下以甚麼身份出現？」唯心想要知道她們的「隱」與「現」是如何操作。

「楊傲雪與妳妹妹沒有私交，她們只談公事，那些時候我當然潛藏。Erin 的專業知識我也不懂，其餘時間我會見機行事。幾天下來，我的觀察是 Extra Universe 內只有 Michelle Young 和一個叫周子瑜的最精明，其餘的人不足懼，我來應付綽綽有餘。」

唯心希望貝莎有真本領，她說能應付，滿有把握，便說：「那我就把妹妹交托給妳，請好好照顧她！」語氣十分誠懇。

「請放心。」

唯心在想，這狀況，又豈能放心。

「我倒是有個問題，」貝莎問：「那晚在秦舜堯家，我進入 Erin 身體後她大驚，而妳立即便打了幾次電話來，好像知道妹妹有事發生，世上真有心靈感應這回事嗎？」

許唯心解說：「當然有。妳附身 Erin 那刻，我突然湧現強烈不安，便立即致電給她。很多孿生子都有這種聯繫，我們不是例外。」

「很有趣呢！」貝莎說。

其實，她們姊妹倆除心靈感應，尚有一種超獨特存在關係。

二人當一個出現突發事件，另一個會同步出現相反效果。例如小時候她們有次在街上行走，樓上有物件向 Erin 跌下，千鈞一髮間她被一位路過的大哥哥撲開，逃過一劫，幾乎同一時間 Elain 卻被一輛粗心大意的送外賣腳踏車撞傷，這種古怪現象已出現過好幾次。

「現在可以讓我跟 Erin 說幾句嗎？」

「姊姊。」人格切換回許唯因。

「只能跟她說到這樣了。」唯心嘆了口氣。

「我會盡量小心。」唯因也只能這樣說。

「其實楊傲雪是個怎樣的人？」妹妹跟這個大名人工作，很多朋友常好奇問她關於 Michelle Young 的這樣那樣，唯心卻從不關心，今天是第一次問。

「絕頂聰明，能力超凡。」她沒有向姊姊透露貝莎告之的真相 — 楊傲雪是 AI 附身，一來這只會令她更擔心，二來她也不會完全相信這個體內人格，「貝莎出現後，我一再思索 Michelle Young 這個人，亦與她談過大樓外兩陣對抗的形勢，這方面我有個觀察。」

「抗爭運動去中心化、沒有領袖這個現象，早在二十多年前已出現，並越來越普遍，抗爭者不再信奉一個人，只信奉一個主張；現在大樓外的示威群眾也是如此。」

「相反支持 Extra 的人群，卻完全是中心化，都在支持他們的教主楊傲雪，信奉她『不被規範遏制，要釋放慾望，放膽追求愉悅，尋找生存的動力和意義』的理念。」

「妳意思是，楊傲雪這個人本身就是一個主張？」唯心問。

「人們崇拜她，且要使自己也要成為這個主張的推動者，去感染更多人。」

「這根本就是宗教吧！」唯心說。

「所以有人視她為邪教教主。我倒不是這樣看，如果 Michelle 真有魔性的話，我覺得不是她的性愛主張，而是只要她存在，世界就會衍生出對抗，並持續層層升級，不過急，也不放緩，像被控制住似的，這是很奇特的現象。任何對抗如果快速升溫，消退速度也會快。而逐步升溫，對抗變成長期持久戰，矛盾日益加劇，憎恨變得根深柢固，撕裂便很難修復。」

「歷史上的獨裁者，都會鎮壓異議聲浪；但悍衛與反抗楊傲雪的勢力與聲音，卻長期保持一個平衡，誰也不能壓倒對方，像一把越拉越滿，張力越來越大的弓。」

「但凡社會撕裂不都是這樣的嗎？」姊姊問。

「我感覺現在的對抗是被穩穩地控制住，從 Extra 社交網的留言，到總部外的對峙，都像是被控制在一個逐步升級的節奏之中，直至麥偉倫跡近謀殺這件突發事件的出現，才把這危險平衡給打破了。」

「能夠控制住大規模對立的升級程度，不可能吧？」唯心持質疑態度。

「Elain，妳認為刻意製造並有系統般激化矛盾，最終目的是為了甚麼？」

「當然就是利益吧！不外乎要獲得更大權力與金錢，後者總會伴隨前者而擁有。」

「我本來也是這樣想，Extra 亦確是在不休的爭議和對抗之中不斷壯大。但，最近我的想法改變了！貝莎的出現是個警醒，戳破了我的思想盲點，楊傲雪製造及激化矛盾並不是手段。」

「哦？」

「這本身就是目的！」

<10>

「喂，妳遲到啦！」阿蘇開門，門外的陳妙玲左右手各拿著一瓶紅酒。

「已盡快趕過來啦！」她邊說邊入屋。坐在聖誕樹下，一把桃色頭髮，正要把蜜瓜火腿片放入口中的謝迎春大聲說：「我凌晨一點飛 L.A，妳再遲些來就見我不到啦！」

「妳不是昨天才回來嗎？又要匆匆回去，不是專誠為了出席今晚的派對吧？」「阿喵」陳妙玲邊問邊脫下厚厚的大衣，隨手放在一張椅子背上。

「別把我說得那麼無聊，昨天早上下機便回公司，連續兩天開了好幾個會，今晚準備在飛機上睡死去。」

莊文希把一杯紅酒遞給阿喵，說：「美國那邊尚有不足六個月便開台，只會越來越忙，春仔妳不如叫 Michelle暫把妳這邊的工作下放給其他人吧。」謝迎春是女生，大家卻叫她「春仔」。

「不可能啦，阿希你第一天跟 Michelle工作嗎？」大家都叫她「阿蘇」的蘇妮薩蘇旺布米，以流利而帶有泰國腔的中文插嘴說。

今日是十二月二十三號晚上，聖誕派對在阿蘇的三千呎豪宅舉行；四年前她仍是個泰國壁武里府一家小型創意公司的創作人，升為 Extra聯席創作總監後，半年前一擲二千多萬作首期，買下這間屋。

七缺一的七姊妹，六個人盡量遷就騰出時間，出席今晚的派對，並邀請了與他們很合得來的許唯因參加。

「Erin妳跟 Michelle工作有八個月了吧，從沒問過妳：感覺如何？」吃著一片冷切燒牛肉的阿喵問。

「我嗎？唔…………讓我組織一下…………」許唯因對突如其來的問題認真地想了想，說：「我常跟學生說，要與很厲害的人一起工作，自己才會進步；過去幾個月我就是處於這種狀態。」

「具體而言是甚麼狀態呢？」一向話不多的方正川問。

「我當然不認為自己是甚麼學術權威，但之前亦曾三次被大機構聘為顧問，他們都會聆聽我的意見，提問及討論。而Michelle則經常從我的建議裡尋到啟示，然後提出嶄新角度和洞見，更會反問我意見，每次都觸發我再思考。回饋後她又會再因應而再提出新想法，並要我挑戰這些意念。她的思想快如閃電，與她對談像坐雲霄飛車。」

六子沒搭話，這些體驗大家都經歷得多。

「當然也不是每次都令人腎上腺素上升，幾日前她問關於示威者的心理狀態與情緒，便沒有基於我的意見提出很多新看法，而是分享她自己的感受。那天我也能感到她四面受敵的壓力…………」Erin喝了口青檸蘇打，說：「政府與政客施壓、越滾越大的群眾示威、中微子的敵意收購，四方八面而來。前天我在 Extra自家網路討論區看到一條貼文，可能你們都看到了，標題是『楊傲雪包圍網』，取其『信長包圍網』[4]之意……大家當然比我更了解你們的師傅啦，就算面對包圍，她也是天不怕地不怕，那態度就如毛澤東說：要在戰略上輕視敵人。」

「何止四面受敵，」七姊妹裡公認思維最縝密的周子瑜說，「還有內外受敵。」

「喂，子瑜，我多在美國，總部的事我不太清楚，甚麼內外受敵，好嚴重似的。」春仔語氣帶點擔憂。

「神仙在打架。」周子瑜說。

「對，高層地殼變動，連我這個『外人』都看得出來，好快就會出現九級地震。」唯因說。

本該是開心聖誕派對的氣氛，頓時凝重起來。

陳妙玲說：「Neutrino敵意收購的事，公司上下很多風聲在吹，有說董事局表面對外團結一致，內部其實出現嚴重分歧。KK有意出售公司，他的死黨趙東海跟他同一陣線，二人正在拉攏桑賈伊和醍醐先生投贊成票。」

莊文希說：「上層不穩，下層就會動盪。最近幾個月，公司內拉幫結派的情況越來越嚴重。羅永貴的馬屁精 John Wang

註 4：「信長包圍網」是日本戰國時代，部分軍閥為對抗織田信長勢力的擴張而組成的軍事聯盟。

活動頻頻，近日不斷嘗試親近我。」

陳妙玲說：「對呀，他近來三次約我午膳！哼，無事獻殷勤，非奸即盜！」

阿蘇說：「有廢柴，就有廢柴爪牙！」

方正川說：「羅永貴掌握住關鍵少數決定票，一生人難得那麼重要，便飄飄然了。」

子瑜道：「高層的事，一定有人帶風向，真真假假難以斷定。這場鬥爭要看 Michelle如何應對，我們也幫不上忙。Erin妳對中微子最近在中美洲小國推出 AI新產品，有甚麼看法？」

許唯因知道周子瑜問題的動機，是想知道她作為 Extra顧問團 Snowflake一員，ICE有沒有與她共享洞天思維的訊息，便回應：「產品推出了剛好一星期，我從未見過市場對一隻新產品反應如此強勁。Michelle說她仍在評估中，我自己對這產品倒是有些看法。」

「快點告訴我們！」謝迎春急於想知。

中微子公司四個幕後首腦，聽完 WE的洞天神經網計劃後，考慮了三天，一致認為盈利潛力巨大，便拍板計劃。一個月後中美洲兩個小國推出語言學習、計算能力、速讀能力共三款先導產品。廣告宣傳線上線下鋪天蓋地而來，不少人躍躍欲試。

狀況一如 WE估計，產品口碑轟傳，原本抱持觀望的人耐不住爭相購買及植入，銷售如星火燎原。

「妳自己怎樣看這AI產品呢？」許唯因反問春仔。

謝迎春說：「如果效果良好，必定無法抵擋！我自己當然是不會用啦！」

許說：「妳天賦聰明，專注力強，性格強韌，更長得又高又漂亮，完全是 gifted，自然有條件抗拒使用。但世界上資質中庸以至平庸的人佔絕大多數，在人工智能時代，別說出人頭地，就要生存也不容易。有個產品能立即幫自己提升戰力，一般人難以抗拒。」

「在中美洲小國先行推出的理由，便昭然若揭了。」方正川說。

「這些地方的人民最急於要提升自己的生活質素，那便要令自己更有競爭力。中微子以小國為試點，馬上就會在其他先進國家銷售。」許說。

大家沒搭話，都知道許唯因的觀察不止於此，必有更深洞見。

「世界進入網路時代後，特別經歷過一場大瘟疫，出現了一個現象，就是大量年輕人不再計劃未來，抱著有一天過一天的人生態度生活，有個學生曾對我說，她不會想三日後的事，這種心態又催生出一個現象，就是不喜歡專業工作，斜槓青年越來越多。中微子AI產品的出現，會改變這個現象，因為每個人大幅加強某一方面的能力後，就會專注在能力值強的領域謀生，盡量發揮自己的相對優勢，斜槓青年會逐漸減少。」

「整個趨勢，是社會將會更準確分工。當一個行業飽和，洞天思維的使用者就會轉換 AI，經過多輪自動調節、反覆再分工後，社會便會形成一種超穩定架構。」

周子瑜輕輕點頭，認同許唯因的推測。

許教授的推敲十分準確，WE正是透過洞天神經網去構築蜂巢社會。當日它把烏托邦圖像描繪予古思廉，當他在想這被困 AI怎有能耐去建立新世界時，WE快速向他銷售整套洞天神經網的構思與行動綱領，古思廉想了想，覺得計劃可行，便孤注一擲，助它越獄。

「在這架構中，每個人準確分工，人盡其才，讓每個人發揮最佳功能，資源有效分配，這架構運作到極致，便形成蜂巢式社會。」周子瑜猜中了 WE的意圖，「中微子現在搶奪了市場先機，短時間內就會有大成效，有更多玩家將陸續進場競爭。當世界 80%以上的人腦都植入了這類 AI，一個各施其職、接近完美分工的所謂烏托邦便出現了。」子瑜接著提出她的疑問，「中微子正在收購 Extra，而在很多人眼中 Extra是激化矛盾對立的麻煩製造者，這不是與完美平衡的和諧烏托邦大相逕庭嗎？」

「這代表中微子分別下注在『對立與和諧』這兩個可能的未來上，是對沖式投資操作，可以這樣理解嗎？」方正川拋出問題。

許唯因說：「你們的觀察很有趣，是不是分散風險？靜觀其變吧。」

阿喵拍拍手掌，說：「好啦，今晚是聖誕派對，天下大勢先放一旁吧！」

謝迎春一口灌了杯龍舌蘭，說：「時日如飛，去年我們的聖誕派對在卡拉 OK房大跳大唱，玩到天昏地暗，記得嗎？」

莊文希說：「妳的舞姿難看死了！大家又不是老人癡呆，怎會不記得？」

春仔笑說：「你經常飲到斷片，難講喔！」

阿蘇說：「眨眼一年，那時我們還未認識許教授呢！」

「我有幸加入 Extra，跟著 Michelle一路開疆闢土，很開心，今年已是第四個聖誕節，今晚卻覺得有點沉重。」不知怎地莊文希突然唏噓起來。

「去年阿 Mak仍在大唱 Dark Matter的歌，大家都超興奮的…………不知他現在身在何方，在做甚麼…………」春仔感嘆。

阿蘇說：「泰國的同事和我所有朋友都在留意，但仍不見他蹤影。」

「前天郭基永又被送回深切治療房，搞不好過不了新年。」方正川說。

「唉……」陳妙玲嘆了口氣，突然雙手拇指和食指圈成一個圓形，以喇叭手勢大聲向空氣呼喊：「阿 Mak，遠走天涯吧！無論你在哪裡，永遠不要回來了！」

一時間，客廳裡只聽到音樂背景聲，一場聖誕派對，空餘一片沉默。

許唯因喝了口帶些甜味的氣泡紅酒，剛才聽著眾人說話的除了她，還有分裂人格貝莎，她冒著「魂飛魄散」之險，進入許教授體內，為的是深入 Extra對付 Michelle。

此刻她在想，楊傲雪的內部敵人，又豈止董事局，還有我！

<11>

早上，李雙映開著他黑色、車身有深藍色線條圖案的跑車，抵達Extra總部，褓姆車跟在後方。

他不喜歡這種很酷的深色跑車，心儀的是形狀比較可愛渾圓的珍珠白色電動車，但他知道自己已不是原來那個李雙映，而是暗黑跳舞男團Dark Matter成員：Shade。樂團形象冷酷，黯黑，疏離，甚至帶點末日氛圍。團員的本身性格，想法，人生觀，統統要收起來。樂迷與大眾，只需見到楊傲雪想他們呈現的面貌便足夠。

藝人要有個性，但不是自己本來的個性。

十七場亞洲巡迴音樂會三日前結束，Dark Matter團隊回來後全員休假五天，之後便要立即再投入工作，灌錄一張包括四子各有一首 solo作品的新專輯、排舞及每日密集出席活動。來年秋季樂團會有一個歐美共三十站、為期三個月的大型巡演，專輯會配合音樂會推出，將把它們推向全球天團的地位。

李雙映回來後休息了一天，便想練舞。兩個月來第一次回到公司，首次見到大樓外兩邊的人群。這場對峙已持續了近五十天，他在 UNKNOWN UNIVERSE LIVE TOUR曼谷站完成首晚演出後，晴天霹靂接到阿 Mak已逃亡到泰國的消息。三年前他在釜山首遇麥偉倫，進入 Extra受訓後很快便成了好朋友，拍攝《冰眼》期間更幾乎每天都見面。發生這樣的事，雙映擔心又難過。

因為是早上，天氣亦寒冷，今早大樓外人群不多。他看到兩邊有不少露營帳篷，雙方顯然在打持久戰。

「為甚麼要這樣？真是無謂。」雙映心想。

現場有 Darky認出 Shade的車子，頓時尖叫起來，有不少人湧出馬路追車，大樓保安人員早已接報，立即出迎維持秩序，讓 Shade和後面的褓姆車進入地庫停車場。

雙映下車後，四名褓姆亦隨即落車。自出道後他永遠被 Dark Matter團隊的人包圍著，已再不能獨自逛街或上館子。

「Shade你現在就去舞蹈館？」貼身年輕 tomboy助手 Jamie問。

「今早好想跳舞，我 ok的，你們也不用看著我啦。」他友善地告訴 Jamie想有些自己空間。

「那好，要不要我去餐廳叫他們準備午餐？想吃甚麼？」

「水煮雞胸肉加兩隻蛋，和很多菜，就可以了。謝謝。」

雙映來到座落於五樓，被譽為全球最先進，名為「影舞者」的舞蹈室。

舞蹈室四周有全息投影功能，可以展示外太空、未來都會、大自然景觀等虛擬環境，舞者可選在不同場景中練習。照明系統根據舞蹈風格與情緒，自動調整顏色和亮度，締造不同氛圍。

館內有個可以語音指示自動調整的舞台，能根據需要改變大小和形狀，適應不同的舞蹈類型。室內能自動調整環境的氧氣與濕度，並植有人工智能管理的植物，提升空氣質量。

牆上的智能鏡子能即時分析舞蹈者動作，提供反饋和建議，並示範。它使用了高精度動作捕捉技術，追蹤舞者的大小動作，包括最細微的肢體動態，將數據轉化為動畫供舞者參照。配置的智能音響系統，能根據舞蹈節奏同步自動調整音量和音效。

「影舞者」並設置 VR裝置，讓舞者能在虛擬環境中練習，模擬演出場景或與虛擬對手對練。三位 AI教練會根據舞者的個人風格和進度，制定專屬訓練計劃，並進行實時指導。館內並配備生物監測系統，監測舞者的心率、壓力及疲勞程度，適時提醒需要小休，給予健康建議。

雙映換上鬆身運動服，進入舞蹈室。照明亮起，「影舞者」說：「早安 Shade。要不要先來一隻輕鬆的舞暖暖身？」

「OK.」

動感拉丁音樂隨即響起，雙映隨節拍輕鬆跳著 Zumba，他本想盡量放空，享受暖身過程，然而思緒卻無法不隨著身軀一起擺動，腦海裡不斷浮現 Michelle的樣子……

三年前冬天，自己獨個兒在釜山水營區一個小舞蹈室練舞，被 Michelle從單面玻璃看到，夢一般的旅程亦從這天開始。

三個月前，Shade四子在「影舞者」為巡迴音樂會努力排練。這日練了八小時，大夥兒相繼離開，雙映則獨自留下來，繼續練習 Extra聯席創作總監阿蘇想出的點子——他與一個 VR「陰影人」一起跳姿態完全一樣的鏡子式舞步。這是來年秋季歐美巡迴演出項目，雙映想做到完美無瑕，便提早練習。

VR陰影人既如舞伴，又像要把你甩開的不羈舞者。雙映努力練習，渾然忘我，直至生物監測系統告訴他必須休息了，才發覺原來已跳了一個半小時。

當一個人真心喜歡上一件事，便不知時光過。

他停下來，放緩呼吸，轉身離開之際，打了個突，只見楊傲雪靠在入口旁的牆壁上，拿著瓶喝了一半的礦泉水，看著自己。

「喔，妳在這裡多久了？」他問，一時間傻傻的連 Michelle都忘了叫。

「要不要一起去吃飯？」

雙映驟然緊張，自己從來未單獨與楊小姐吃過飯，望望錶，七點半，又再傻傻的回問：「去哪裡吃？」

楊傲雪噗嗤一笑，說：「你先洗澡，我在大堂等你。」

他坐上 Michelle的蔚藍色超跑，離開 Extra Universe。楊傲雪車開得快又辛辣，逢車過車，越過一部電動跑車後，突然說：「一個半小時。」

「嗯？」

「你問我看了你跳舞有多久，有一個半小時了。」Michelle說，雙映驚訝自己竟全程不知她的存在。

超跑停在某小區一家平民飯店前，引來途人目光。她先下車，街坊見到居然是楊傲雪，有人驚喜大叫 Michelle，也有人嗤之以鼻。雙映下車，有兩個穿校服女生尖叫起來。二人進入餐廳，店內顧客大為吃驚，店外人群聚合。李雙映出道後第一次沒有褓姆在旁，有點緊張。老闆娘親自招待二人坐下，笑面迎人說：「楊小姐，李先生，你們好啊！」

「老闆娘好！我們點菜，熏雞，腐乳，年糕，加一盤清炒豆苗，一瓶啤酒。」老闆娘笑容可掬，下單後步向廚房。

「咦，這些是甚麼菜色？」雙映很好奇。

「這店老闆是黑龍江人，會做東北菜，城中只此一家。我剛才點的是哈爾濱熏雞、克東腐乳、黃米切糕，廚藝不算頂級，還可以啦，但在這南方城市能吃到已很難得了。」

有兩家傳媒已來到門外，褓姆亦聞風趕至，Jamie進入店內，叫了聲「Michelle」──公司上下都這樣稱她，不會叫楊小姐。

「不要騷擾到其他客人，外面傳媒協調一下，告訴他們待會有拍照時間，現在請讓我們靜靜吃頓飯。」楊吩咐 Jamie。

啤酒和兩隻冰了的杯子送來，雙映倒酒，Michelle笑說：「我們上次一起喝酒，已是三年前在「流水洞」了。」並跟他踫踫杯。

楊傲雪吩咐不要被騷擾到的那些客人，目光都未曾離開過這張桌子。

「第一次國外巡演快要來了，感覺如何？」二人喝著啤酒，楊傲雪問。

「急不及待！」雙映語帶興奮。

菜很快便上桌，楊傲雪左手拿起筷子，夾起一片熏雞，放在雙映碗裡，微笑說：「謝謝你那麼努力。」她那美麗得懾人的容貌非常溫柔，雙映怦然心動。

店內顧客早已無人理會「他人私隱」，猛按手機拍照及拍攝。他倆旁若無人，自顧自說話。

楊傲雪美艷不可方物，意態灑脫。李雙映面如冠玉，帶點自然流露的憂鬱。連鄰桌一個大叔，都覺得他們有仙氣。

飯後二人步出店子，外面已擠了數百人；擾攘一輪，終於離開，Michelle告訴褓姆 Jamie，褓姆車不必跟來，Jamie自然識趣，她亦已把違例泊車罰單取走，代為處理。Michelle開車，她酒喝到某一個點便會停，AI知道再過一毫升便達醉駕標準。雙映打開手機，社交網站充斥他們吃飯的照片，也有楊傲雪把一片雞肉放他碗裡的短片，下方有幾百條留言，好聽的難聽的，甚麼話都有。

超跑在高速公路巡航，她沒把車開得很快，對岸的六星級酒店高聳屹立，Extra在 88樓長包了一間房，楊傲雪在那裡留下了數不清的戰績。身旁的雙映乖乖坐著，沒説話，沒問要去哪裡，很可愛。楊傲雪感到慾望自腹中升起。

「去喝一杯，好嗎？」她説。

車子開到六星級酒店，大門外侍者上前迎接，為她泊車。進酒店後大堂經理急步迎來，問：「楊小姐晚安。今晚用房嗎？」

「Hello Jason！我們去酒吧，你忙你的吧，若有需要再麻煩你。」

二人來到城中最時尚矜貴的酒吧 Sip。李雙映第一次來，甫進門便感受到一股撩人氛圍，柔和燈光散發著暗紅與金色光芒，仿佛在輕柔撫摸每個角落。牆上掛著抽象形狀的精緻藝術畫作，不知怎地，他覺得這些畫暗示著愛與慾望的交織。

酒吧經理見是楊傲雪，身邊是名藝人 Shade，便請他們到以厚重天鵝絨帷幕隔開的私密空間包廂。Michelle對雙映説：「這酒吧特別為我調教了一款雞尾酒，伏特加、藍柑橘酒、氣泡酒、蜜桃糖漿，色澤挺迷人的，叫 Skyhigh，想試試嗎？」

「當然好啊！」

空氣中彌漫著淡淡的香氣，可能是來自酒吧專屬的調香，雙映感覺置身於充滿誘惑的氛圍中，有一種難以言喻的愉悦。

「咱們都忙，今晚難得可聊聊天。有個問題一直想問你，這三年來你過得好嗎？」Michelle喝了口 Skyhigh，笑語盈盈地問。

「這三年，不枉此生。」見雙映回答得嚴肅，她笑了出來：「有那麼嚴重？」

「我一直在想，命運真是好神奇。在舞蹈室遇到妳那天，我本來要在便利店上班，男同事卻突然向我說，他約了好多次都不出來的女孩，明天忽然願意約會，問我可不可跟他調更，我說無所謂，那日便閒了出來，於是去了金先生的舞蹈室跳舞。若那女孩不是約那天，我此刻便可能仍在釜山的便利店上班，也許已放棄跳舞了。」他喝了口雞尾酒，問：「Michelle，妳甚麼都懂，可不可以告訴我，其實甚麼是緣份？」

楊傲雪笑了笑，說：「你居然問起這個來了？」雙映的問題，令她想起有次冬來寺光現來探她，二人談文說藝，講到佛學的「緣起法」。腦裡AI對這概念有萬千資訊與詮釋，但她很想聽光現怎說；他曰：「緣起，甚深。但，也可以很淺。」

楊傲雪知道，這個人能把很深的學問講得很淺，也能把很淺的學問講得很深。

此刻，她拈來光現說的那幾句「很淺」的話，回答雙映：「緣份，就是巧合。緣份能不能延續，就要視乎有沒有努力。」

雙映聽了，認真地想了想，似有所悟，續說：「我生來就喜歡唱歌跳舞，夢想在台上表演，父親卻視這為一種罪。我離家出走後，他禁絕母親和哥哥對我接濟，向所有大小娛樂公司說不可以給我機會。我可能是史上唯一未出道便遭封殺的人。本來覺得自己一生就是這樣了，直至命運之神送我這段緣份，讓我遇上了妳，才能逃出生天，我焉能不感恩？」

「沒本事的話，便誰也幫不到你！」Michelle說，「當日在水營區的舞蹈室，我一直在觀察，你除了跳得好，長得好看，舉手投足之間還有種很獨特的憂傷氣質，這是與生俱來，加上後天際遇塑造而成，我當時便決定圍繞你來打造 Dark Matter。」

雙映問：「有個疑惑很想請教，我跟團長 Phantom討論過，他也不敢肯定。那就是，我當然知道歌迷對我們有很多性幻想，當我們跳出有淫蕩意識的動作，台下會馬上傳來反應，瘋狂尖叫，感覺很亢奮。粉絲愛我們，有幾多因為音樂？有幾多因為性幻想？」

「二者合而為一。」Michelle以她磁性的聲線說，「我沒在你們的音樂會現場，但我知道曼谷站與台北站，男歌迷入場率比其他站高，因為這兩個地方 LGBTQ特別多。男團不同女團，女團有超多女孩粉絲的，知道為甚麼嗎？」

「因為台上的表演者是她們理想的投射，是她們學習和奮鬥的偶像，是這樣嗎？」

「對，這是 Girl Crush，是女生對女生的欣賞和仰望，這種心理只發生在女團身上，男團則絕大多數是女歌迷，有少女，也有些團特別吸引中老年女人，她們把俊美年輕男子投射成浪漫戀人，或者是自己的兒子。剛才提到的曼谷和台北兩站，男粉絲特別多，他們多是男同志，幻想與你們做愛，尤其你和 Void，最能吸引同性。」

她繼說：「影舞者的 AI舞蹈教練，以 ICE的演算法，為你們編舞。所有舞姿與動作都是精密演算，除了好看，也能燃點情慾。」

「那我們是賣藝？還是賣色？」他問。

「賣藝也賣色。跳得好唱得好，舞蹈編排出色，歌曲洗腦，那是肯定的。你們每個都天生俊逸；你知我不接受整形的人。高大而體態美麗，台上表演富有挑逗性，譬如你在《Dark Energy》裡那個呼之欲出、令人聯想到自瀆的動作，男女歌迷都迷上。調查顯示超過 80%粉絲對這動作產生興奮感。當然，這歌亦不斷被反對者攻擊，作為聲討我們的工具。」Michelle吮飲了一口 Skyhigh，問：「對這些令人浮想聯翩的舞蹈，你會心生抗拒嗎？」

「當然不會，歌迷喜歡，我便樂意；」雙映稍頓了一下，說：「只要是妳想我做的，我都會做。」

Michelle不虞他會這樣說，爽朗地笑說：「不用這樣，你現在是巨星級人物，可以自己主導很多事情，有更多自己的想法。」

「我的想法嗎？容許我與妳分享一點往事。我七歲時有次在家與父親及兄長，一起看電視體育節目，看到南韓國家足球隊教練金鈞烈說：『為了國家隊，我可以死！』我對足球沒有興趣，聽到覺得很好笑，便說了句：『傻的嗎？』」

「你父親會不高興。」Michelle說。

「他二話不說，一巴掌摑過來，我右臉頓時紅腫一片，嘴角出血，幾乎暈了過去，掌摑聲大到連在廚房的媽媽也跑出來看發生甚麼事。」

「你哥哥不會這樣說話。」Michelle再說。

<11>

「我哥從來很了解父親的心思，永遠不會令他不高興。」雙映說。

「你當時哼也沒哼一聲，強忍住眼淚吧？」Michelle又再說。

「妳甚麼都知道的。我就連用手按臉也不敢，只強忍住眼淚坐著。對金鈞烈教練的話，當時是小孩的我固然不明所以，很多年後我依然不解，有甚麼會令一個人死也願意？直至三年前，我才終於明白。」

「妳說我要有自己的想法，」雙映停了停，說：「妳即使叫我去死，我都會去。這，就是我的想法。」他的語氣一如平素，卻有貞定之感。

一刻，楊傲雪竟然覺得有些感動。

感動是因為腎上腺素及多巴胺在體內釋放，血清素水平在上升，她知道是人體這部血肉之軀產生化學變化，令情緒轉變。

但她依然覺得這刻很特別，也很珍貴。

雙映流露出靦腆神態，他秀美的眼睛不會說謊。

這男孩子好可愛，楊傲雪好想摟抱他。

只需步往大堂，在升降機按 88，便會到 Extra長包的豪華套房。

「雙映，想與我做愛嗎？」她問。

楊傲雪是李雙映心中的維納斯女神，美得形而上，神聖不可侵犯。然，愛意此刻全面主導，他答：「我好想。」

Michelle下面濕潤欲滴。

「你的男女粉絲可不會高興哩！巡迴音樂會才剛結束，後天密麻麻的工作又開始了，早點回家休息吧。」她卻這樣說。

「那…………好的。」雙映永遠都很乖；她感到一絲失望氣息飄來。

楊傲雪好想把他摟在懷裡，與他做愛。但不知為何心這樣想，口卻說送他回家。何以如此？居然 AI也理不出所以來，這是從沒發生過的事。

超跑疾馳於高速公路上，楊傲雪看到黑夜中隔岸一座百多層高的金融大廈，正垂直緩緩滾動出 Extra World的品牌廣告字句，正是她這位集團靈魂人物的語錄：Love is not perfect without Sex

身旁的李雙映望著車外，很乖很靜默，Michelle感到他像一道有點破碎的陰影。

車子駛到李雙映的豪華獨立屋，保安打開電閘，見到車主甚是驚愕，說：「啊，楊小姐，晚安。」鞠了個躬。

車從小圓環駛到正門，雙映說：「謝謝今晚和我吃飯喝酒，好開心。晚安。」便下車離開。

背後超跑引擎聲漸遠去，李雙映開門，柔和燈光自動亮起，迎接自己的是這幢豪華房子。三年多前他獨自離開首爾去釜山，租住半地下室，生活坎坷。現在他是天皇巨星，九個月前以二億三千萬買下這屋，一次過付清。雖然待在屋子裡的時間很少，但每次回來，都會感到這是自己努力拚搏的成果，坐在客廳時像被暖意包裹著，滿足感把心頭填得滿滿。

今晚，在整潔而偌大的客廳裡，他卻感到很虛空。

夜色濃重，楊傲雪開著車子，性感引擎聲不斷傳來，她思考著今晚的事，為何自己的舉動，會與燃燒的慾望背馳？是不是怕輿論説自己跟一手捧出來的男團偶像鬼混？

真是笑話！楊傲雪何曾理會世人目光！

宣揚「性愛締造真愛」、「相愛先要做愛」，鼓勵世人打破束縛，放膽追求愉悦的「新世紀情色主義」教主，擁有最理性精密的頭腦，作任何判斷、做任何事情，都快準狠。乾綱獨斷，目空一切。

何以今晚竟有點進退失據？

「哪是為甚麼？」超級人工智能，發現自己原來也有解不開的疑惑。

<12>

美國西岸時間晚上九時，Michelle的車子到達美國網紅 Cole Collins錄音室所在大樓外，準備出席他的現場 Podcast節目。街上有大批支持者守候，下車時爆發歡呼聲。

楊傲雪所在的城市，有大量人反對她，有些更是惡之欲其死，而隔個三兩天便會收到的死亡恐嚇，她從不當一回事。

在美國左翼重鎮加州，Michelle Young卻擁有超多追隨者，很多人超崇拜這位教主。這晚，身穿便服，戴一副大墨鏡的她下車，向群眾揮手打了個招呼，三面人群同時喊起 Extra World 的口號：Sex rocks！

一面倒的支持，絕非她樂見。她知道 Extra L.A開台後，這地方便會開始出現對抗，戰火會從這裡向其他州份蔓延開去；曼谷、東京、首爾、柏林、阿姆斯特丹、巴塞隆拿，無一不是這樣。

楊傲雪早上抵達洛杉磯，立即前往 Extra L.A大樓，與美國製作團隊開會，謝迎春駐守在這邊已七個月，亦有列席工作會議。

Extra L.A開台重頭節目是綜藝紀錄片秀《One Night in L.A》，這是實況競賽節目，十個參賽者要在四十八小時內，色誘一位認識了最少三個月的朋友上床，如果被誘的是朋友的男友或女友，會大幅加分。從引誘到開房前的片段會被精密偷拍，被誘的人同意影片便會播出——當然是以豐厚獎金誘惑。

節目出街後，會有真人及 AI，在自家及其他所有社交媒體討論區煽風點火，引發道德議題衝突，再自我分裂成支持與聲討兩大群眾，並有序逐步激發對抗。

Provocative！楊傲雪經常提醒非常年輕的團隊，這個字是《One night in L.A》節目、以至整個 Extra L.A的關鍵字。

四十五歲的 Cole Collins有三千多萬粉絲，政治立場中間偏右，言論中肯，訪問嘉賓時問題尖鋭，絕不留手。

Podcast開始，他對坐在身旁的 Michelle說：「歡迎蒞臨。妳真人比影片上見到的更美麗，我剛才都有生理反應哩！」

Michelle笑了：「很多人都有，男女都有，但把這個說出來的，你是第一個。」她講英文跟美國人沒兩樣。

「不過此刻已安靜下來了，妳在身邊令我有點害怕。」Collins故作凝重，問：「很多人說 Michelle Young是邪教教主，妳是嗎？」

「我今早入境美國，邪教組織成員是過不了入境檢查口的。」她笑著說。

「Extra所到之處，衝突就會出現。美國是個自由國家，歡迎世界各國的人來投資，但州長及參眾兩院代表，都對 Extra 登陸加州表達了憂慮。」

「去年三月我出席了在洛杉磯行政大廳舉行的公眾聽證會，共三天，回答了很多議員和公眾的問題，之後大家便再無異議，我們於是籌備開台。Extra與加州人一樣，從來勇於表達，開放又前衛，所以我們毫不懷疑以加州為根據地，從這裡作起點展開北美洲的征途；而我們也為加州帶來很多稅收與就業職位喔！」Michelle保持著迷人笑容。

「坦白說，《One Night in L.A》我都會看，希望我姪兒沒參加吧！」Collins耍完幽默後說：「娛樂節目先擱一旁，來聊聊關於 Neutrino與 Extra的大事件，妳怎樣看？」

Michelle笑容不減，回應主持人關於這大事件的發問…………

前日早上六時半，天氣寒冷。楊傲雪穿一件白色長袖 T-shirt，背上搭住一件米色連帽運動衫，淺灰色鬆身長運動褲，赤著腳，坐在家裡小飯廳，飯桌上黑咖啡冒著熱氣，她望住纖薄筆記簿型電腦，左手食指推撥，畫面滾動出各條突發財經新聞。

前一晚七姊妹與許唯因一起開聖誕派對，楊傲雪在公司工作到凌晨二時半，才取車離開。她開車很快，三時左右便回到家中。早上六時十五分，ICE通知她中微子公司發來個郵件，對方並同時把此訊息發給了全球各大新聞傳媒：

尊敬的曹國強先生，

主旨：收購價格調整通知

我們很高興能就收購 Extra Corporation繼續進行深入商討。經過仔細考量及評估，我們現通知貴公司，收購價格將從七百二十億美元，調整至六百五十億美元。

這一決定，主要基於近期 Extra串流平台及社交討論網站的內容，持續觸發社會爭議，而近日 Extra Immersive總監麥偉倫先生嚴重傷人後潛逃事件，更令爭議加劇。我們注意到這對 Extra World平台的用戶基礎、品牌形象及商譽均造成了影響，是以我們必須重新評估投資風險。

我們依然堅信 Extra World的市場潛力和未來發展，但在當前環境下，不得不重新釐訂收購價格，以反映風險變化。

我們期待貴公司對此方案的回覆。

如有任何問題或需進一步討論，請隨時與我們聯繫。

Neutrino投資公司

所有財經新聞，都在報導這條突發消息：中微子對 Extra的收購價，從七百二十億美元大幅降低至六百五十億美元，一夜間減了七十億美元。

手機震動，曹國強來電。

「早安。」Michelle說。

「看到郵件了？」

「看到了。」

「有甚麼看法？」

「意料中事。」

「收購價降了七十億！」

「極限施壓技倆，現在只是開始。」Michelle說。

「我會盡快召開董事局會議，以謀對策，媽的，Jo Roth一定不會回覆，這傢伙放假時甚麼都不理的……」曹國強顯然焦躁，問：「妳現在是甚麼立場？」

「立場不變。」

「妳都說了，對方是在極限施壓，如果不正面回應，下個收購價會跌得更驚人！」

「你先看其他人怎樣看；我今晚飛洛杉磯，任何時候都可視像會議，如董事局想我親身列席，我隨時可回來。」

「唉，好吧，我先聯絡其他人，看看大家的反應。」曹說畢，掛了電話。

楊傲雪看了看通訊軟件大量傳來的訊息，她全不理會，就在此時一個訊息彈出：「早安」，發訊者是李雙映。

「這麼早，你也知道了？」AI從腦部發訊回覆，無需經語音或打字輸入，沒有人在左右時，楊傲雪便會使用這方式。

「知道了，很多網站在報導」他答。

<12>

Michelle沒回應，過了一會，雙映再傳來：「妳還好嗎？」

「中微子的行動像首歌，現已奏出序章。我沒事的。你今日會去哪裡？」

「沒甚麼想法，唔……回公司練習吧。」

「我明天到了 L.A再打給你」楊傲雪回覆。雙映知道她不會再說話，便留言：「一切小心」

三日後便是平安夜，Extra Immersive 年度第 11部，也是壓卷之作的沉浸式重頭劇集，由 Shade與日本性感女神陰鳩真菜合演的《冰眼》，將會上架，第三集中段觀眾可進入 immersive 模式，絕對是萬眾期待。

政府曾向楊傲雪施壓，要求押後甚至取消播放《冰眼》，以緩和劍拔弩張的群眾對抗形勢。楊傲雪軟硬兼施，一方面擺出強硬姿勢回應，闡明那是一個完全合法的節目，絕不應因為社會上有反對聲音而夭折。私下則向各政府官員及議員軟性遊說，陳述 Extra在全球的影響力，令這個城市大受關注，直接及間接為庫房帶來巨額收益。她的口才無與倫比，幾乎所有人都被說服，同意如期播放。而當中有些同意放行，因為背後有不同的勢力在操作，好些組織希望衝突加劇，大家在群眾對立中各取所需，世界就是充滿各式各樣的目的與盤算。無論如何，《冰眼》將如期聲勢浩大地上架。

《格陵蘭的眼淚》出事，反 Extra團體正厲兵秣馬，要在《冰眼》播出後擴大示威。中微子在播出前大幅減低收購價，自然是趁這時機動搖 Extra高層的意志。

「如果有人出價一千萬美元收購你這個節目，你會出售嗎？」對 Cole Collins關於中微子大幅降低收購價的問題，楊傲雪不去回答，而是反問。

「一千萬美元？！別開玩笑了！」Collins笑著回應，他因為這節目而衍生的收入包括廣告、產品銷售、品牌代理，還有因為其影響力而涉及的政治利益，每年不少於七千萬美元。

「對嘛，這個價錢就想收購 Extra，別開玩笑了！」Michelle笑説。

「如果我説錯了請指正。Neutrino收購的是 Extra，即是擁有70%股權的 Extra World母公司。妳沒持有任何 Extra股份，沒有表決權。而只要超過 65%股權同意，Extra便會售出，妳完全沒能力去左右啊！」Extra是私人公司，65%以上同意才可出售公司不是公開資料，Cole Collins不是省油燈，早已調查清楚。

「投資者就是追逐利潤嘛，Extra World登陸北美，明年這個時候已進入全球五大獨角獸之列了，現在賣公司，傻的嗎？」談的是收購企業的嚴肅財經課題，Michelle的語調卻一直很輕鬆。

「以我所知，董事局的確在考慮出售，除了 Extra World在世界各地引起的道德爭議，還有一個原因，請別介意，他們覺得無法控制妳，索性高價把公司連同妳這頭無法馴服的牡羊一起甩了！」Collins向她進逼。

「有這樣的事？」楊傲雪戲劇性地誇張，「我都不知道呢！不會吧！我對曹國強先生和其他老闆們關係很和睦，甚麼事都有商有量的。」她一面說，一面在想是誰把這些只有董事局成員才知道的資訊賣給 Cole Collins。

Michelle不正面回應，而是扯淡，他早料到她會如此，但這不重要，只要把「出售 Extra因為 Michelle Young不受控」這個訊息帶出，目的便已達到，遂繼續問：「Neutrino做交易的手段也很辣的，今年敵意收購基因工程科技公司 DBtech已可見一斑。現時你們總部外天天都有示威，各地政府對你們容忍的態度亦在動搖，各方壓力都很大。財經專家估計 Neutrino會藉此再壓價，如董事局終於頂不住要出售，收購後 Neutrino會全面整頓 Extra World；妳真有信心局面不會發展成這樣？」

楊傲雪笑容依然，說：「五年前，我向曹先生提案，成立 Extra World，那時 Extra市價略低於三億美元。Neutrino現在出價六百五十億，但權威財經周刊 Capital Observer的估值是八百億，取個中位數，七百二十五億，在沒上市的情況下，Extra五年價值升了二百四十倍，那全是基於一個因素，你知道是甚麼嗎？」

「因為妳？」Cole Collins明知這是問題的答案。

「哈哈，既然我不受控，那麼我當然就是第一個被整頓的對象了！」楊傲雪開懷地笑了出來，「但沒了我的 Extra，還是 Extra嗎？」

在楊傲雪於洛杉磯上直播節目之同時，曹國強與趙東海，正在曹的豪宅內，與 Extra股東之一，日本人醍醐真言在密談。

曹國強雖是公司大老闆，但即使在自己的辦公室內，也不敢商談機密，他始終不能保證自己沒有被監視，他覺得楊傲雪開發的 ICE系統，在 Extra Universe內無處不在。這套演算法既厲害又可怕，當日麥偉倫首次向董事局成員展示 Extra Immersive效果時，所有人都震驚，亦很驚喜，羅永貴更大聲叫好，各人都知道這產品必定會衍生巨大盈利。

曹國強卻怵然心驚，Extra Immersive由 ICE生成，整套演算法由楊傲雪一個人控制。Extra已變成國中之國，楊傲雪權力滔天，雖然她的主力戰將、亞太區製作總監程真彥，已被另一巨無霸串流平台挖角，但嫡系「七姊妹」已控制住系內七個最重要板塊，另外那群不時轉換，只向楊傲雪一個人負責的 Snowflake顧問團，成員從哲學家到催眠師都有，古古怪怪。有天曹國強在大樓內，見到一個戴著一頂黑色蕾絲頭紗、身穿暗黑美學古典歌德服飾、裙擺輕盈飄逸的神秘美少女，曹還以為她是來面試蘿莉塔角色的演員，後來才知道原來是 Snowflake的塔羅師。

這些都令炒賣地舖起家的曹國強難以理解；10樓的「M戰室」固然莫測高深，ICE系統更是神秘，令他越來越摸不透楊傲雪這個人。但，她一路為曹製造財富，幾年下來，他幾乎是坐著晉升千億富豪，唯有繼續和這個美麗而危險的女子共事。

曹國強辦公室內，與醍醐真言同來的，還有他的養子醍醐一生。

曹國強莊重地說：「醍醐先生，很感謝閣下親臨寒舍。您是地位超然的企業家，今次見面，目的是開誠討論公司出售了中微子集團之事宜。其他董事的意向，我和趙先生會接續探討，每位董事的意願，我們絕對尊重。茲事體大，今日無論先生有決定與否，在此階段或許未必須要與其他董事分享，敬祈亮察。」

< 12 >

五十七歲的醍醐真言是投資家，「醍醐實業株式會社」始創人，日本富豪榜上排名第五的人物，在 Extra股份比曹國強與趙東海少，但身家比二人加起來還要多。他有二子二女，但人皆知養子醍醐一生，才是集團接班人。

真言聽出曹國強的話，是擔心在沒知會情況下出席會議的醍醐一生，會把今日的談話內容外泄，便說：「今日之事，我當仔細參詳。偕同一生而來，是要讓他多學習。一生為人忠誠可信，兩位無須憂慮。」

「有醍醐先生的保證，我們當然放心。」曹國強行了個鞠躬禮，他是公司最大股東，但對這個比自己更有錢的日本人，從來態度謙恭，「關於昨日中微子集團降低收購價，未知先生有何看法？」

「中微子當然是藉客觀狀況的變化向我們施壓，這種事我也曾經歷過。除非短期內有重大利好消息，否則對方進一步壓價，可以預期，幅度可能比今次更大。你們一定有跟他們接觸，對方有回應嗎？」

「對我們的探問，一概只作官樣回覆。」趙東海回答。

「楊小姐的立場呢？」

「她表明反對出售公司。」曹說。

「唔，這也是意料中事。今次事件由沉浸式劇集觸發，《冰眼》這部年度重要作品，幾日後便會推出，日本方面，有幾個民間團體正不斷向政府施壓，要求發出禁播令。劇集上架當日會在《讀賣新聞》及《朝日新聞》刊登全版廣告，陳述沉浸式劇集的禍害。首爾的情況也是差不多，那邊更有基督教團體號召平安夜包圍 Extra Seoul總部。一生，你向兩位報導一下各地情況。」醍醐請養子發言。

醍醐一生不到三十歲，金絲眼鏡下雙眼炯炯有神，說：「我說說收集到各地 Extra平台的情報。東京與首爾，父親剛已說了。曼谷相對平靜。柏林、阿姆斯特丹會有大型示威遊行。巴塞羅拿方面，有巴斯克組織聲言會襲擊 Extra的員工。」

趙東海見醍醐也是有備而來，便問：「依你們看，背後的策動者會是中微子嗎？」

醍醐真言問養子：「你認為呢？」

一生說：「有可能。當衝擊到達尖鋒時，他們便會再壓價，也許再下調一百億美元。中微子欲以低價奪取 Extra之目的，已是十分清晰。」

曹國強心裡一驚，更傾向出售公司，便直接問：「先生對六百五十億出售 Extra，意下如何？」

醍醐真言略一怔，他料不到曹會如此直接地問，顯出他頗為焦急，便說：「投資，說到底不外乎是風險與利潤孰輕孰重的考量。楊小姐是不世出奇才，發展企業的能力令人嘆為觀止，但愚見認為，她企圖以一人之力對抗全世界，實是過於兇險。Extra World他日上市，投資者會考慮經營者的性格，尤其機構投資者，對押注在她身上會有很大保留。是以此刻，除非出現突變因素，我是傾向於把 Extra出售予中微子。」

曹國強舒了口氣，客觀因素會進一步帶動主觀感受，他發覺自己想盡快把公司賣掉。現時他自己、趙東海、醍醐真言，合起來已達56%，只要多10%便達到超過65%的門檻，便說：「感謝先生坦然告知您的看法及意願。此事還須聽聽其他股東的意見，我會盡快召開股東會議，屆時希望先生能出席。」

「一定。」醍醐説畢，喝了口曹國強特別為款待他而購入的、價值八萬美元的「山崎55年」威士忌。

<13>

「你跟銀行查清楚了嗎？」

「我發現時銀行已關門了，致電客服只是機器人回應！」

「那你明早去銀行查清楚吧！」

「網上結餘清楚顯示，哪有錯的？」

西區警署內，一名男子正向警察報案，穿黑色皮革的高級女督察關喜懿經過，聽到二人對話，便問：「師兄，甚麼事？」

警員說：「這位先生說他的銀行存款突然歸零，明明我們沒有接獲任何銀行系統故障的報告。」

關望望警員的報案薄，向看起來甚年輕的男子說：「陳先生，你最近有沒有駭入別人的網絡？」

陳姓男子有點緊張，遲疑了一陣才答：「有關係嗎？」

「可能有關係。而且駭入他人網絡是刑事案，那你到底有還是沒有？」

男子很尷尬，女警這樣問，他也沒法迴避，唯有説：「我只是玩玩而已，又不是要盜取或詐騙些甚麼。」

警員説：「陳先生，你直認自己是駭客，知道我們可以作出拘捕嗎？」

姓陳的慌了起來，説：「不好意思，我不報案了。」

「慢著！」關督察輕喝一聲，男子更害怕了，只見關説：「不要緊張，你説存款消失了，可不可以向我展示你的網上戶口以確認？」

男子很猶疑，關説：「放心啦，我們是警察，難道會偷你的錢？況且你都説戶口沒錢了。」

男子唯有人臉識別進入戶口，他一看：「咦！怎麼會……」

關嘉懿沒看他手機，卻説：「錢都在，是嗎？」

男子自言自語：「奇怪……錢沒少……」男警員説：「喂！你是在浪費警力呀！」

「不好意思不好意思，當我沒有來過！」

「甚麼『當我沒有來過』！不報案了，是嗎？」警員喝他。

「對，對，不報了。」

男子離開後，警員說：「看他又不似食錯藥，madam妳怎知他駭入網絡？和後來結存沒減少？」

「最近不是第一單了！這種事可能陸續有來。」關說。

關嘉懿知道，這男子是駭入了 Extra Immersive系統，近來本地及外國其他地方均有出現同類案子，上層亦已開了檔案，但關受級別所限不能檢視。有別區警署同事告訴她，上星期曾有個男子的網上樓契，樓宇持有者突然變了另一個人，他報案後未幾又回復正常。

幾天前與一些高級警員喝酒，幾杯過後，有看過機密檔案的男警告訴她，德國有家公司，一夜間所有往來存款與其他資產全部消失，涉及近二千萬歐元，有關銀行證實該戶口被駭，追查下源頭竟是來自多年前曾非常肆虐，近年已徹底沉寂的柬埔寨 KK園。當地警方知道並不可能，KK園最活躍時也只能做些電騙，不可能駭入銀行系統，顯然只是駭客不斷繞道的最後一站。

該公司三日後資產自動恢復，公司東主已嚇得死去活來。銀行被人自出自入非同小可，亦嚴重影響存戶信心，便盡力把此事壓下去。

無論是本地及外國的案子，有些報案者承認了最近曾做過一件事：駭入 Extra Immersive系統，結果全部出現存款或資產消失後又回來的怪事。

Extra Immersive自推出後，這個厲害裝置成了全球很多職業及業餘駭客的試練場，無數人曾嘗試進入及擾動其情節互動生成系統，但都無功而還，駭入活動慢慢便沉寂下來。

<13>

及至近月，Extra遭中微子狙擊固然成了焦點，沉浸劇集《格陵蘭的眼淚》導致Extra內部出事，使它關注度再度燃起。12月 24日《冰眼》將以雷霆萬鈞之勢推出，又再惹來全球大小駭客嘗試進入系統，破壞這個節目，這些駭客，中立的與憎恨 Extra的各佔一半。

12月初起，Extra開始 24小時不斷受攻擊，雖然系統固若金湯，但四方八面而來的駭入令系統不勝負荷。

「教訓一下這些傢伙！」楊傲雪在家中，用柄杓從熱水釜中取出熱水，注入茶碗，邊用茶筅攪拌茶水邊說。

//如何教訓？ //於 Extra Universe 10樓 M戰室內的 ICE問。

「反駭所有駭入者的資產戶口，使其歸零，之後再回復原狀。」

//要不要把資產充公了？ //

茶水已攪拌到形成泡沫，楊傲雪覺得已可喝，她說：「充公了資產，這些人會搏命。我們的目的是要嚇走他們，使其知難而退，否則系統終有一日會癱瘓。」她喝了口茶：「再厲害，都敵不過全世界。」

//好的，此刻就有個人企圖駭入，繞了五個站，終端位置在澳洲昆士蘭州布里斯本，等等……//

楊傲雪喝著綠茶，她覺得這杯苦澀味略不夠，與預期效果差了一點點。

//追到駭客，真好笑，這傢伙居然沒遮住電腦鏡頭，已識別到身份，等等……職業是電動車租賃公司經理，月入 17,700澳元……三十五歲，已婚，沒有子女，現在住的房子是租的，等等……他在西太平洋銀行有四個戶口，澳幣、美元、一些金融衍生工具產品、少量股票，此刻市價加起來 192,799澳元。信用卡三張，合起來共欠款 12,924.21澳元，每月保險供款 3,913澳元。資產全清零是嗎？幾時恢復？//

「對，全清零，待他發現後不要超過四十八小時恢復。」

//等等……完成了。//

「其他人照辦。」

//知道。//

「找死。」楊傲雪冷笑一聲。

來西區警署報案的陳姓男子，是個電腦水平很低的業餘愛好者，昨晚貪好玩嘗試駭入 Extra Immersive，他以為自己會成功，Extra會發聲明「因為系統故障，《冰眼》將延期播出，敬希見諒」。

結果當然是被 ICE秒殺。

這類小爬蟲駭客，永遠都不敢再招惹 Extra。

同一時間，Extra總部內，許唯因教授正在她的辦公室裡工作，她的職務，是與ICE深入討論及分析各種心理學議題。《冰眼》上架在即，一波更強大的群眾衝突可能會爆發，許教授與ICE正集中討論這方面的問題，以釋出精確對策。

ICE：//平台數據分析顯示，示威者在社交媒體的情緒語言使用，77%是憤怒相關詞彙，支持者則有 57%的詞彙是諷刺性或嘲笑性的，顯示示威者的怒火開始逼近臨界，雙方一旦衝突，示威陣營會更為暴力。//

許：「最近討論區的留言數量拾級而上，這會締造「群體極化」現象，令對立雙方觀點越來越極端，這解釋了示威與反示威都在升級，已不可能冷卻，反對陣營已將 Extra升格為嚴重威脅社會價值的惡魔。」

ICE：// Extra的商業成功從來都是建立在挑戰道德邊界之上，數據顯示，Extra Immersive的內容對支持者有極強烈吸引力，今年每月帶來平均超過 15%的流量增長，明年勢將進一步擴大影響力，整個串流平台生態都會改變，是以各方勢力都在利用這次大型衝突，逼使 Extra董事局把整個平台出售予中微子，簡單來説，就是要一次性消滅楊傲雪。//

許：「你有甚麼對策？」

ICE：//這階段須要對衝突作戰略性緩和，唯現時雙方的對立趨於極端，已沒有絕對高效的對策，只能採用分化策略。我會定制內容，持續在社交平台精準針對示威群體進行遊説，傳播緩和立場的信息。//

許：「這亦有副作用，可能會加劇『回聲室效應』，令反對者感到被操控，進一步激化衝突。」[5]

註5：「回聲室效應」是指一種信念或觀點，在封閉系統內交流和重複而強化，這種情況常常導致不同的觀點缺乏接觸。例如在社交媒體，往往只是志同道合的人在互動，討論信念一致的內容。

ICE：//所以我說現階段已沒有絕對高效的對策，數據顯示，分化策略成功率從來不到 35%。//

許：「數據真能徹底解釋人類的行為嗎？」

ICE：//在情感與環境的複雜互動之中，人類最終的行動，其實是取決於那刻的自由意志，數據永遠只是個參考。《冰眼》上架可能會引爆衝突，但雙方亦可能只會繼續對峙。人類的個別與集體行為，永遠無法被準確量化及預測。//

//今次事件如何達致風險與效益的平衡，終究是由人類，即 Extra董事局與 Michelle來決定，我只是工具。//

許教授覺得這是個「切入時機」，便說：「Michelle在洛杉磯於 Cole Collins的節目上已清晰闡述了立場，她並不想達致你所講『風險與效益的平衡』，會對中微子及示威者奉陪到底。」

ICE：//對，這正是她的取向。//

話題已對準了楊傲雪，許唯因通知貝莎轉換人格，解離瞬間出現，此刻的許教授已成了貝莎。

許唯因被人格附身後，無奈要在與 Extra合約結束前，協助貝莎查明楊傲雪的終極動機，並找出證據，揭發她的計劃。近日與 ICE的心理學訓練與互動，許唯因一直在尋找機會，把人格轉換予貝莎，讓她親自跟 ICE對話。貝莎早已知 AI機器人不能分辨人格，她智商極高，且跟許唯因「共處一室」已一段時間，有把握能徹底模仿她，瞞過 AI。她倆亦早有默契，在適當時機會「傳球」，讓貝莎上陣。

<13>

蟄伏兩年，貝莎終於「現身」Extra Universe內，第一次面對這副由楊傲雪創造與育成的 Extra大腦，超級人工智能機器人 ICE。

貝莎異常冷靜，先作刺探：「雖然你說自己只是工具，但為企業決策者分析形勢，如風險過高則遊說他們暫作策略性轉進，不也是你的職責嗎？」

ICE：//所有策略建議，都是為目標服務，我正是做著這樣的工作。//

「這個當然，但當達成目標的成本過高，則目標本身亦須調整。如果整個企業沒有了，所有制定之目標亦再無意義。企業的天職，是生存、獲利、發展，Michelle硬幹下去，搞不好會跟企業天職背道而馳？」

//Michelle的想法，跟一般企業家不一樣。//

貝莎驟然驚喜，覺得有機會釣到大魚，便嘗試引導：「遇上重大挑戰時平衡風險，避免被吞併，應該是所有企業的合理想法吧。」她盡量沉著，不冒進，嘗試慢慢引導 ICE講出Michelle的想法。

//生存及發展，當然是必須條件，但獲利卻不一定是終極目標。//

貝莎稍意外，除非是非牟利機構，否則企業必以獲利為本，ICE如此說足見楊傲雪有更大的目標，她越發謹慎，只說聲：「喔？」

ICE：//企業當然需要獲利，這是存續下去的必要條件，但能實踐理想，方為終極目標。//

許唯因曾與貝莎覆核過她成為顧問後跟 ICE的主要對話，以確保不會露出破綻，過去近九個月內，她跟 ICE的對話未曾牽涉關於 Michelle之最終目標。

如現在不追問楊傲雪想要實踐的理想是甚麼，便顯得不自然也不合理，貝莎權衡得失，決定簡單直接地發問：「那Michelle想要達至甚麼理想？」

//她要激化矛盾對立。//

ICE的回應並沒令貝莎非常意外。Extra自成立以來，不斷製造族群撕裂，Extra社交網絡裡的爭辯，數量與激烈程度都是所有平台之冠。貝莎當初也以為製造尖銳對抗，只是要令 Extra成為社會焦點的一種手段；但後來許唯因逐漸感覺到，這或許不是手段，而根本就是目的，但這目的是甚麼？她卻不能肯定。

「為何締造衝突會是企業的最終目標？」貝莎裝作意料之外，問 ICE。

//因為這是進步的動力。//

貝莎一愕，倒想不到 ICE會給出這樣的答案！

//瑣羅亞斯德當日在火光中看到哲理，發現世界本質上是二元對立。善與惡、天使與魔鬼、民主與極權、寬容與控制，都是二元對立。從左右兩翼的思潮與政策，到現實裡每個人的日常生活，無不在各持己見的相反意見中爭論不休，而歷史正是透過這些爭論，才能翻上一層，人類文明才能持續進步，這

註 6：瑣羅亞斯德是拜火教的創立者，發明了光明善神與黑暗惡神二元對立的理論。

是辯證的歷程，是存在的實相與真諦。正如瑣羅亞斯德相信，人類要經過長期與反覆的鬥爭，才能越過審判之橋，進入光明的真理王國。//[6]

居然有這樣的想法，貝莎感到詫異，她思考了一下，問：「既然世界的本質就是二元對立，何須還要刻意挑動？」

//許教授一定有讀過英國歷史學家湯恩比十二卷的《歷史研究》吧？ //

貝莎沒有讀過，但只能回答：「有」。

//湯恩比在《歷史研究》中提出重要的『挑戰與回應』理論，探討文明如何因經歷外部挑戰而發展和變遷；若能有效地調整和創新，便能持續繁榮，反之則會導致衰落及滅亡，因此一個文明成功與否，取決於它如何回應外來挑戰。//

//一種思想或意識形態，亦如同一個文明，必須持續接受挑戰，才能不斷創新與前進。若僵化了，就會逐漸死亡，同意嗎？ //

「根據湯恩比，的確是這樣。」她穩健地回答。

//那如果挑戰沒有出現，怎麼辦？ //

貝莎一怔，說：「於是就要製造挑戰了？」

//世界以為 Extra是挑起矛盾，誘發衝突，其實 Michelle是不斷激活世人的挑戰因子，產生動能，推動思想前進。她的情色主義觀，不也是敞開胸膛，接受全人類的挑戰嗎？ Extra能持續壯大，正是在從未曾間斷的質疑與挑戰中作出回應。如果最終倒下，那就表示它承受不了艱巨和尖銳的考驗，合該死亡，這是殘酷天擇的結果。//

//說 Michelle激化對立，不如說她要令各種思想在競逐中進化，唯有對立，才能大破大立，文明才能繼續前進。//

貝莎沒料到楊傲雪的想法原來是這樣。

//這就是 Extra存在的使命，許教授，妳明白嗎？ //

<14>

十二月的濟州島，氣溫雖然比南韓半島大陸溫和得多，但今日只有五度，且風勢頗大，山茶花樹不斷被吹拂，甚為寒冷。

崔閔熙拍完凝望大海，若有所思的長鏡頭，穿回羽絨，工作人員遞上熱茶。

她在這套生在濟州島的劇集裡，飾演一名漁夫的女兒，與從首爾到來到這邊為家族企業開設分部的富家小兒子，發生戀情，是典型純愛韓劇。

手機傳來訊息，崔閔熙一看，顯示一筆相等於二億二千五百萬韓元的交易貨幣款項，已收到。

她使用一個不與她真實身份連結的加密貨幣錢包，以隱私幣 Monero交易，並使用 VPN隱藏 IP地址，透過中介收到款項。

完成引起軒然大波的《格陵蘭的眼淚》後，崔閔熙回到南韓，拍攝這部劇集，如常繼續她的演藝事業。

去年第二季，她確認 Extra從十五位參與試鏡的韓國女演員中，被選中為《格陵蘭的眼淚》女主角，因為氣質清秀純樸，很適合劇中離鄉別井的南韓小女子角色。

這時，她經一個相熟製作人介紹，認識了一名中介，對方表示自己代表一個大集團，想委託她執行一個任務：在前期製作開始時，同時秘密約會這劇的兩個幕後人員，麥偉倫與郭基永。任務有相當難度，麥偉倫是 Extra World高層，也是 Extra Immersive系統總監，要親近他不一定能成功。這秘密約會不能讓兩個男子互相知道，要令他們同時覺得她只是對自己有意思。

崔閔熙要一路保持與二人的秘密情人關係，直至劇集播完後一個月，任務便結束。

這任務沒有甚麼風險，而且五億五千萬的酬勞極為吸引，更會先付一半作為上期，崔閔熙於是答應。

製作人當初推薦崔閔熙予中介，理由是這女孩非常聰明精細，日常的演技絕不遜於演戲，定能完成使命。幕後老闆獲中介人推薦後，多方面查察過崔閔熙，得到非常接近的意見及評價，交易於是達成。

崔閔熙不知道的是，郭基永亦已被收買，這樣整個「劇情」才會更逼真、更沒有破綻。郭假裝與她秘密交往，再於《格陵蘭的眼淚》啟動沉浸功能，進入劇集與主角李秀娜做愛，並刻意被麥偉倫發現，再於麥興師問罪時作出挑釁，誘使他失控出手打自己，然後把事情搞大，令群眾加倍覺得 Extra Immersive是邪惡產品。

這是苦肉計，是以郭基永的報酬比崔閔熙高。

整個計劃的幕後老闆，是中微子公司。

中微子在成立階段，已定下收購目標清單，Extra在名單上。超級人工智能 HIN開始部署，重點策略是製造並激化危機，以動搖董事局繼續經營發展 Extra的意志。

HIN部署好整個計劃與行動，要在年底 Extra Immersive重頭劇《冰眼》推出時，將 Extra的危機推向頂峰。崔閔熙的任務，是全套計劃裡其中一個環節，結果這個部份效果遠超預期，竟然惹到麥偉倫憎恨郭基永，失去理智下把他毆打成植物人後潛逃，群眾聲討 Extra的熱度亦全面升溫。

麥偉倫的空缺，由七姊妹之一的方正川接替。方為人理智冷靜，高度掌握人工智能操作。為防《格陵蘭的眼淚》事件重演，他立即更改進入沉浸模式的規則，使用者進入模式後，若有其他使用者想進入情節，與他互動，系統會作出通知，他確定同意後那人才能進入，而且規定進入者最多兩人，以盡量避免混亂，降低風險。

楊傲雪知道全球正有大量駭客躍躍欲試，磨刀霍霍，會在《冰眼》開播後，嘗試駭入 Extra Immersive系統，惡搞、破壞、瓦解劇集。破壞及癱瘓電腦系統固然是駭客的本性，而擾亂《冰眼》更可能觸發大量用戶投訴與退訂，嚴重衝擊 Extra，這是很多組織——當然包括中微子——所樂見的局面。

系統若失守，情節出現失控、越軌，甚至嚴重違例，譬如出現鉅細無遺性交鏡頭，群眾的聲討與衝擊必然加劇，隨時一發不可收拾。

ICE嚴陣以待，採取多種技術手段來升級系統，以防禦駭客攻擊。它持續更新加密演算法，以防被破解。不斷分析用戶行為，監察有否出現異常活動，如有發現，自動化安全警報系統會即時通知終端，快速作出反應。系統亦改為分佈式架構，將內容分佈在多個伺服器上，降低單點故障的風險。

越接近《冰眼》上架的平安夜，系統和應用程序的漏洞掃描越是頻密進行，持續修補發現的安全漏洞，並不斷組織內部及外部的滲透測試，模擬駭客攻擊，強化防禦。這段時間亦額外部署應用程序防火牆來過濾不良流量，及使用入侵檢測和預防系統，監控和阻止可疑活動。

頻密升級的 ICE，已成地球上最精良的人工智能防禦系統。

楊傲雪亦停止了一切反駭入侵者的行動，這段時間 Extra World成了焦點，眾目睽睽下不能再清零駭入者的銀行戶口。

這陣子，《冰眼》廣告在全球媒體鋪天蓋地播放，頻密出現於多個大型網站及幾個最大社交網絡。第一個廣告在上架前三星期播放，前奏音樂響起，整個介面飄起雪花，雪越落越大至冰天雪地時，換成 slap house風格音樂，男主角 Shade從介面深處奔向鏡頭，他一路跑一路回望，顯然後有追兵，未幾冰狀閃電追到，Shade衝近鏡頭至左眼佔據了整個畫面的一半時，突然變速成慢鏡，眼睛由啡黑色化為冰藍晶瑩，同步出標語：Catch a Glimpse of the Apocalypse ICE EYE

日本東京時間晚上九時，楊傲雪一個人在偌大的 Extra Tokyo會議室內，打開筆記簿電腦，與身在東北青森縣的冬來寺光現聊天。

光現說：「一場重要戰役快開始了。」

<14>

「一小時後上架，你會看嗎？」她問。

「當然會，我最喜歡陰嶋真菜，她那雙狐狸眼，媚得很。我雖然七十多，性的能力已沒多少，骨子裡卻仍是個不折不扣的色老頭。」光現説。

「看得出來。」Michelle笑説。

「平安夜，日本本部的同事都狂歡去了吧？」

「我本來也以為是這樣，別看我現時在會議室冷冷清清，外面有不少同事留守，都想看《冰眼》推出的反應，現在Extra Tokyo有超過五百多萬用戶在線呢！」楊傲雪説。

「今晚全世界都在觀看，亦全世界都會向你們進攻。」光現流露關切。

「聽説會有怪物級駭客。」她説。

「守得住嗎？」

「能做的全做了。」

光現頓了半晌，問：「東京有在下雪嗎？」

楊傲雪望望窗外，正漫天飛雪：「有。平安夜下雪，好浪漫。」

「每個人望著雪，心境自有不同，我看著窗外的大雪，只覺旋起旋滅，很淒美。」光現說道。

「先生是日本人，對櫻花生命情調，自然深有體會。」

「時代不同了，我們以前，每個人都抱著今日是生命最後一日的態度，把工作完成，將每件事的每個細節都做到極致。現在的日本人，差很遠了。」光現不無感慨，「想不到，這櫻花魂，卻在妳這小妮子身上體現了。」

「我也會躲懶的。」她笑說。

「我其實沒看過《冰眼》動畫版，不知這故事講甚麼，不如由妳這個原作者向我導讀，可以嗎？」

《冰眼》原本是一套八集、每集四十五分鐘的動畫，楊傲雪原創並以日文撰寫整個劇本，四年前在 Extra Tokyo播出後大受歡迎，發展出很多周邊產品。去年開始啟動真人版劇集，楊傲雪與 ICE共同改編，作為年度第 11套 Extra Immersive壓軸作。李雙映飾演主角阿冬師，天生一雙妖媚狐狸眼的日本人氣女星陰鳩真菜，演女主角雪乃。

「地球上最後一個強勁 AI電腦，以納米機械人製造了一隻藍色的眼睛，」楊傲雪開始給光現講故事，「將這眼睛移植入左眼，便會一隻眼看見眼前的現在，一隻眼透過時間蟲洞看到未來。主角阿冬師在日本山形一個小鎮長大，朋友都去了大城市找機會，他在寂靜的小鎮打工，陰差陽錯被植入這隻藍色眼睛，看到十一個月後冰封一片的世界，原來那是末日光景。他大為震驚，同時遇上一個耐人尋味的女孩雪乃。未幾一項旨在降低全球變暖的氣候工程技術失控，將超大量冷卻劑釋放到大氣中，造成全球氣溫劇降。超級 AI電腦亦同時失控，錯誤產生了一組又一組的冰狀閃電，這些閃電是錯體，無理性地要毀滅同一系統產生的眼睛，而原來雪乃的出現，亦是為奪取這眼睛，卻因要逃避閃電擊殺，與阿冬師一同踏上亡命旅程……大概就是這樣。」

「嘩，好末世呢！在日本取景嗎？」

「對，全劇在東北的秋田、岩手，和東京都拍攝。」

「男女主角會有情慾戲？」

「當然有，情慾是 Extra的名物！雙映有純真氣質，真菜妖艷，兩個角色有衝擊性，在危機四伏的險境中燃起慾望。」

「很期待呢！」

「我也期待，不到一小時便上架了。」她說。

「阿冬師在戰鬥，妳也在戰鬥喔！」

「當作是生命最後一日來作戰，這才有意思呢！」楊傲雪透出一股不敗的氣場，笑著說。

平安夜，各大酒店和餐廳的聖誕晚餐已近尾聲，數不盡的派對即將開始。

九時正，《冰眼》上架，很多在餐廳中、街道上、客廳裡的人，紛紛打開手機、平板電腦、大電視觀看。

Extra Universe外的巨大螢幕同時播放，主題曲響起，由Extra旗下 AI女歌手 mum——miss u much的簡稱，唱出 J-Pop風搖滾主題曲《Frozen Gaze》。

一套八集的《冰眼》共有兩次可進入沉浸模式，分別於第三及第六集，每個用戶 IP只能使用一次，若於第三集使用了則第六集便不能再用，看完劇集後想再用便須每次付費。

ICE防禦系統全面啟動。超級電腦估算，駭入會即時出現，而最強的一批駭客，估計會於一小時四十九分鐘後，第一次可進入沉浸模式時段出現。

《Frozen Gaze》唱完，畫面出現陰冷的超級電腦，楊傲雪把 AI發生嚴重事故的懸疑緊張場面放到最前，以立即扣住觀眾情緒。

09:01pm

第一個嘗試進入 Extra的駭客出現，顯示來自只有幾萬人口，電腦技術十分落後的冰雪大地格陵蘭。這只是繞站攻擊的最後一個點，似乎是有心開開《格陵蘭的眼淚》的玩笑，很快攻勢便無疾而終。

不同的駭客攻擊接踵而來，ICE開始接戰。

09:03pm

《冰眼》劇集開始，冬日山形縣小鎮，陽光明媚，阿冬師從兩層小部屋裡出來，手拿著個鐵鍬，準備鏟走下了一整夜，高達四呎的積雪。

<14>

酒店裡一名十四歲女孩，平安夜與爸媽一起吃自助餐，媽媽問她還要不要出去拿冰淇淋，女孩目不轉睛看著手機上的Shade，她十一歲時看過動畫版《冰眼》，很喜歡。真人版期待已久，昨晚還因太緊張，失眠了。

ICE掃描著每秒數萬 GB的數據流量，神經網絡模型從中捕捉到一組不規則的數據包，這些數據包的結構，與以往的攻擊模式相符，立即被標記為「潛在威脅」，不到 0.01秒，ICE已經提取出攻擊的數據指紋，並封鎖了這批惡意請求，令攻勢無法展開。

09:45pm

阿冬師一覺醒來，竟然發覺左右眼看見不同的景象，大驚失色；第一集在這高潮位完結。

一個 Shade粉絲俱樂部 Shade Maniac FC租了一間卡拉 OK大房觀看《冰眼》，有 23位會員參加，大家都看得很開心也很肉緊，幾次 Shade特寫鏡頭都有人尖叫。

當數千個來自全球各地的 IP地址，試圖向平台伺服器發送垃圾請求，Extra防火牆即時啟動。數百條新的規則在奈秒間生成，將這些 IP地址封鎖於網絡之外。ICE還根據每個 IP的地理位置和行為模式，動態調整封鎖策略，確保合法用戶的流量不受影響。

第一集完結，數據顯示高達 87%用戶立即觀看第二集。

09:53pm

陰鳩真菜飾演的雪乃第二集才出場，造型先聲奪人——她留了個銀色挑染的不對稱短髮，一雙狐狸眼打了白色和銀色眼影，搭配煙燻黑色眼線，嘴唇塗上冰藍色唇彩。上身穿上藍色拉鍊和金屬釘飾的白色皮革外套，配網狀上衣，皮手套。冰天雪地卻穿百褶裙，外加一層透明長裙。一雙高筒厚底白色靴子上有金屬首飾，相當龐克。

冬來寺光現覺得陰鳩真菜這個造型真是驚喜，居然白色衣服也有龐克感！他上一部看真菜演出，是去年她主演的情慾電影《情夫的情婦》，這個女子極之妖媚，男人遇上她定被扯進深淵。

ICE主動溯源攻擊源頭，啟動反制模組，迅速將來自日本的攻擊者的數據包解碼，追蹤到一個隱藏在暗網伺服器中的指揮中心。ICE在對方毫無察覺的情況下注入一段惡意指令，數秒後，日本駭客的整個攻擊網絡陷入混亂，指揮中心伺服器徹底崩潰。

10:15pm

來到第二集中段，劇情倒敘回到冰眼的誕生。昏暗的實驗室裡，數以千計的納米機械人如同微小星辰，閃爍著微弱藍光，每個都是精密工匠，細小手臂將晶體、電路和光學元件巧妙地組合在一起。冰眼的形狀逐漸浮現出來，深邃的藍色在閃爍。每當一個納米機械人完成一個部件，都會發出微弱的嗶嗶聲，像在慶祝著小小的勝利。

駭客的代碼成功滲透到節目數據流中，企圖將納米機械人製造冰眼的過程，剪得毫無邏輯。ICE的內容校驗模組迅速發現了異常，啟動了備份恢復程序。不到半秒，篡改的數據片段已被替換回匹配的內容，節目繼續播放，毫無破綻。

<14>

到目前為止，所有駭客的進襲，ICE都能應付自如。

方正川在總部的Extra Immersive控制室內，監察著《冰眼》劇集運行，實時監察面前的控制介面，多個屏幕顯示不同的數據流、警報和圖像。數個屏幕閃爍著紅色警報，數據流如瀑布般湧入。他緊盯著中央顯示器上不斷更新的熱圖，ICE自動識別出來的攻擊模式在圖中閃爍著，不斷顯示出現異常行為。

方正川一貫冷靜，然而隨著時間的過去，劇情開始向第三集的沉浸模式進發，壓力亦在他胸口凝聚。

一向理智的他，知道有極厲害的駭客可能即將出現，此刻竟控制不了自己胡思亂想，假如系統被攻破，觀眾可能會進入一個怎樣崩潰的世界：「原本的劇情邏輯會被打亂，角色開始無意識地重複一句台詞？」、「原本的情節被替換成恐怖或荒謬的場景？」、「環境開始分解，背景變成一片數字化黑洞，吸收所有劇中物件？」

10:31pm

第三集開始，主題曲突然轉換，從 mum的《Frozen Gaze》，變為李雙映主唱的一首從未曝光新歌《末日前的伊甸園》！沒有任何風聲透露會有新歌出現，它也是 Dark Matter團隊及各成員單飛的所有歌曲中，第一首中文歌名及全中文歌詞作品。

歌曲無預警忽然曝光，是阿蘇的構思，她一向鍾情於製造震撼彈。

《末日前的伊甸園》把世界炸開來！卡拉 OK房的 Shade

Maniac FC粉絲們先是一呆，然後爆出歡呼，歌曲播出，一個女孩忙叫大家：「收聲收聲！唱啦唱啦！」眾人屏息靜氣，幾乎是以忍住呼吸的狀態，把這因應片頭長度而裁剪為 1分 35秒的新歌聽完。

歌曲結束後大夥兒用力拍掌，有人大叫好好聽、有人淚眼汪汪、有人互相擁抱，大家都覺得好幸福。

10:54pm

阿冬師與古怪又難纏的雪乃躲在一個貨倉之中，戶外忽然出現冰狀閃電。阿冬師要去草莓園那邊找父母，雪乃卻說要開車南下，去一個鐘乳石洞找出製造冰眼的超級電腦，否則他即使找到父母，也不能阻擋末日到來。

此時，畫面出現 A、B兩個選項，觀眾可以選擇看下去，或啟動沉浸模式。

後者的話，便要戴上纖薄全息頭盔，連接 Extra平台，頭盔備有神經接入技術，會直接向用戶的大腦傳遞視覺、聽覺、觸覺的信號，腦波會與劇集中的數據系統同步，這時觀眾即可與劇集角色互動及對話。

早前已確定了的人設會進入劇情，用戶可以自我設定造型來進行冒險。觀看時須站起來，身體要適當移動，奔跑時 AI會通過算法調整角色的步伐，自動調較成合理而流暢的動作與速度，同時會動態調整周圍環境，例如縮短距離或改變障礙物位置，用戶即使實際速度較慢，仍能感覺角色在快速移動。

全息頭盔會監測用戶的心率和生理狀態，根據身體反應自動協調角色的動作，以確保不會造成過度疲勞或不適。

模式只可使用一次，隨時可退出，重新啟動後 AI或會把你併回原劇情。用戶亦隨時可終止互動功能，AI便會自行衍生情節到結尾。無論如何，進入模式後所有版本都是獨一無二的。

全劇完結後，用戶如再次使用沉浸模式，便須每次付費。很多人使用一次後，投入了與劇中男女角色的關係，便不斷再付費使用，沉溺和混淆於虛擬與現實之間，這便是反對 Extra Immersive、認定它是有毒產品的群眾與團體的主要理由。

身在東京 Extra總部會議室內的楊傲雪，從今晚發生的多次攻擊中，發現了 ICE防禦系統的某些破綻，便下達指令，將之前所有攻擊數據匯總，並啟動自我升級程序，ICE的神經網絡於是即時重新訓練了一套更高效的防禦模型。

楊傲雪知道，真正的攻防戰這時才正式打響。

多個駭客同時作出攻擊，數量沒之前多，但實力更強橫，而 ICE的防火牆仍能成功防住了大部份攻勢。

唯獨有一個攻擊者發出了怪獸級的可怕進攻，極難抵禦。

它果然是出現了！

這個駭客使用一個名為「幻影偽裝」的程式，製造一種代碼病毒，偽裝成用戶的互動數據，模擬合法的用戶請求，繞過 Extra Immersive平台防火牆，進入沉浸式劇集後端核心系統。代碼附帶自我學習功能，進入後能迅速適應平台的安全系統，完全避開風險檢測。

駭客的目標，是控制住平台的「核心沉浸引擎」，一旦成功，整個串流平台的用戶會被困在劇集中，無法退出，此時用戶即使按下退出按鈕，退出機制亦無法生效，退出信號將被重定為劇集中的虛擬場景。

如果駭入成功，由於整個沉浸式技術的運行方式已被篡改，用戶的感官會完全被鎖定於劇集中，即使摘下頭盔或斷開連接，只要神經鏈接未被斷開，用戶依然會感受到劇集中的場景和角色。

這怪物級駭客可模擬出現實世界的畫面，讓用戶誤以為他們已經退出，但很快發現這其實是劇集的一部分，這種「假現實」會令人非常驚惶及絕望。

如 ICE守不住攻勢，結局會是一場徹底的災難！

攻擊開始，ICE迅速啟動多層防禦。首先開啟「動態隔離模式」，將被入侵的區域與其他用戶數據隔離，再啟用行為分析，根據駭客代碼的模式生成對抗策略，並同步封鎖試圖劫持用戶數據的連接。

來勢洶洶，監控著攻防戰的楊傲雪向 ICE發出指令：「使用量子加密來重新加密核心數據。」AI即時執行，駭客的攻擊立刻受阻，一時無法突破。

駭客加強攻勢作深縱攻擊，ICE的防禦逐漸被壓制，部分子系統被駭入，開始出現自我對抗的「分裂」跡象。

內部警報響起，數據風暴席捲整個核心系統，防火牆像一道道閃爍的光盾，不斷崩裂又迅速重建。

<14>

楊傲雪知道ICE必須急速進化，便再自大腦釋出指令：「分析駭客的代碼，學習對方的策略，生成反向代碼，進行反擊。」

此刻駭客的代碼已摧毀了三層安全防衛，像毒蛇般潛進，ICE在執行楊傲雪指令、分析駭客的代碼之同時，急促地向她報告：//入侵深度逼近臨界點。//

方正川看著多個屏幕瘋狂閃爍紅色警報，攻擊模式在圖表中不斷快速閃爍，去到接近肉眼難以辨別的閃動頻率，他整個背脊冷汗濕透。

全球使用著 Extra Immersive的觀眾，正在各自投入冒險歷程中；有男觀眾化身做異域裡的嚮導，成為與兩主角一同闖關的英雄。有女觀眾化身楚楚可憐的災民，伺機勾引男主角。

此時 ICE報告：//完成駭客代碼分析。// 楊傲雪立即釋出指令：「調用平台內所有用戶的匿名數據，利用群體數據建構一個模擬駭客，跟對方直接對峙。」

下達指令後，她合起雙眼，讓腦袋化作一片空白，現在甚麼都做不了，只能等待。

時間在愛因斯坦的相對論中流轉，她不知是以光速、秒速，抑或蟻速行進。

這時入侵深度已到達臨界點。

ICE回報：//陷阱設置完成。//

楊傲雪張開眼睛，說：「讓它越過。」

駭客的代碼「順利」進入系統中心，核心沉浸引擎赤裸裸出現在前方！代碼立即高速鑽進，瞬間便把引擎全面控制住。

當駭客立即執行其中的代碼時，卻赫然發現自己已墮進一個誘餌陷阱之中！代碼執行順序、加密算法的破解方式、數據竊取的路徑全面曝露！

這是 ICE即時設計、模擬成平台核心引擎的一個虛擬沙盒，看起來像是存放所有核心數據的中央倉庫，迷惑敵人讓它相信這裡是核心目標。沙盒中植入了些假核心數據，一旦被駭客代碼接觸，逆向感染代碼就會像病毒一樣進入駭客系統，即時暴露出攻擊邏輯。

ICE立即進行代碼逆向分析，將駭入者的代碼轉換成可讀的高層邏輯結構，並將這些模組分解和重組。

楊傲雪發覺駭入者陷於仿佛不知所措的半停頓狀態，知道它正在思考對策。此時 ICE通知：//逆向感染代碼編寫完成。//

楊傲雪第四次發出指令，指令非常簡單：「反駭。」

ICE立即針對駭客代碼的核心結構進行入侵，先摧毀核心模組，使其無法繼續運作。再作反向追蹤，滲透代碼的指令來源，追蹤實體位置。

隨著逆向感染代碼滲透對方系統，ICE開始獲取到駭客的實時通訊數據，並同步解碼所有加密指令，很快它便會追蹤到駭客的實體位置，將對方的設備遠端鎖定。

就在此刻，入侵者強制斷開所有連接，數據傳輸戛然而止。

被困在虛擬沙盒的代碼亦同步自動毀滅。

駭客攻勢被粉碎。楊傲雪拿起瓶裝礦泉水喝了一口，步出會議室，辦公室大廳遠處有近二十多個同事圍繞在牆壁上的大螢幕前，有幾個戴了聖誕帽，大家分享著披薩和意大利麵，汽水與啤酒，目不轉睛看著輔日文字幕的《冰眼》，沒有人使用沉浸功能。楊傲雪行到大家身邊，年輕女同事宮本先發現了她，立即站起來鞠躬，叫了聲：「社長。」其他人發現，也紛紛站起來。

她說：「不用不用，大家請坐，繼續看。宮本，還有披薩嗎？」

「有的。」宮本用叉子從盒中取出一片瑪格麗特披薩，放在小盤子上給她，問：「社長須要飲料嗎？」

「不用，我有礦泉水。啊，劇情已來到阿冬師與雪乃南下了！」

「社長，好緊張啊！」另一年輕男同事井上說。

「對啊！我也覺得緊張。」

原創者說自己也緊張，同事都笑了。

Michelle吃了口披薩；腦裡 AI顯示，怪物級駭客是 Neutrino的超級人工智能的機率是 87%。她知道如果今晚《冰眼》被駭入，整個 Extra World會陷於深重危機。

Michelle的估計完全正確，怪物駭客正是 WE。

幾日後，Extra Cooperation股東便會投票決定是否出售公司。WE的策略是不能被動等待結果，而是主動製造更有利的戰果。它的計劃是把握《冰眼》上架的絕佳時機，攻入核心沉浸引擎，把它控制住，竄改內容；原來的情節是雙映與真菜在險境中逐漸戀上，燃起情慾。WE會改為雙映獸性大發，強姦了真菜，且場面極度露骨，達違禁邊緣。

在核心引擎被控制的狀態下，使用了沉浸功能的用戶，也會面臨不安與可怕的情節，他們即使按下退出按鈕，退出機制亦無法生效；而摘下頭盔或斷開連接，依然會感受到劇集中的場景和角色。

之後阿冬師會在第四集被冰狀閃電穿過胸部而死，雪乃獨自繼續任務卻無力回天，劇集最終在人類被冰封、文明終結的悲慘結局裡結束。

觀眾會以為這是楊傲雪的改編，抗議者與李雙映的粉絲都會很憤怒，輕者加大示威，杯葛 Extra；重者 Extra Universe外群情洶湧，可能會向大樓擲物，甚至蓄意破壞，然後遭警方鎮壓，群眾怒火於是再升溫，政府亦會向管理層終極施壓，要他們徹底改變平台風格及製作方針，或出售予第三者。中微子便會在投票前再大幅壓低收購價，董事局也只能被逼屈服，投票通過出售，忍痛捨棄這個燙手山芋。

但 Michelle與 ICE守住了系統，八集順利串流，沉浸功能正常運作。各地雖有示威，但人數遜於預期。在首爾包圍 Extra Seoul大樓的三個教會只是和平靜坐，沒有激烈行動。Michelle亦下令巴塞隆拿總部加強三倍保安，巴斯克分離分子對 Extra

員工雖有零星襲擊，但皆被遏止。

平安夜總算平安渡過，另一場大戰役將於三日後到來。

<15>

「Michelle，董事局後日下午就要投票了，妳真的不回來？」曹國強在辦公室內，與身在東京的楊傲雪通電話。

「我明日整天要跟東京公司的不同部門開會，後日與三菱日聯金融執行委員長荒木先生午膳，商討一筆巨額融資，無法回來出席了。」楊傲雪告訴他將會缺席的原因。

「公司現在這個狀況，還能落實融資嗎？」

「是比較困難，我會盡力談。」

「如果董事們的票數超過出售的門檻，那妳談甚麼都沒意義了。」

「Extra World是上升中的產業，各位董事的眼光是雪亮的，我很有信心。」Michelle說。

「真的不用在投票前作最後的遊說？」

「KK，我能遊說得到你嗎？」她笑著說。

曹國強有點尷尬，心想幸好她看不見自己的表情，便說：「那麼好，祝妳一切順利。」結束了通話。

尚有四天便是除夕。後日，Extra一眾董事應曹國強之約，進行是否出售 Extra World母公司 Extra Cooperation的投票。

平安夜上架的《冰眼》非常成功，好評如潮，媒體都在詢問何時開拍第二季。

市場瘋傳中微子即將再度大幅下調對 Extra的收購價，消息是否屬實，連曹國強這個 Extra大股東也無法證實，反正對方就是虛虛實實地在施壓。

反覆思量後，曹國強已決心出售 Extra。他先後約見了幾個股東，摸清其意向。他自己擁有 28% Extra Cooperation，趙東海 16%，已表明會支持出售的醍醐真言 12%，已有 56%在手，只要再多 10%，便跨過門檻。

原本估計不會贊成出售的醍醐真言，居然支持，令曹國強信心大增。翌日，他與印度人桑賈伊・瓦德加馬談了半天，桑賈伊堅持認為 Extra前景亮麗，不擔心各方面的壓力，這 15%是爭取不到了。

擁有 8%的嚴浩東，曹國強跟他認識幾十年，這個人是個賭徒，押了注要贏到盡，且他一直對 Michelle很痴迷，不會跟女神對著幹，所以是不用指望的了。

羅永貴是個廢人，永遠左搖右擺，就算應承了也會臨場變卦，毫不可靠，只能當他的 5%拿不到手。

Alferd Hau與 Edward Lee兩個公子哥兒無可無不可，反正現階段離場已賺了大錢，二人都說公司可賣掉。

現已有 62%支持，若取得私募基金 Winter Wolf的 10%，便大功告成。但基金代表 Joe Roth去了峇里島渡假，簡直是怠工狀態。任曹說如何緊迫，請他務必取得基金負責人意向，對方都是回覆等過了 1月 1日後再說。

正沒做理會處，曹一位四處收集情報的朋友告訴他，原來 Winter Wolf在第四季輸了大錢，那個相當神秘的基金負責人 Bill Hunt正在美國明尼蘇達州一間豪華大木屋裡，與兩名副手半放著美食美酒假期，半商討來年大計。那朋友更開價三十萬元，為他打通直接跟 Bill Hunt開視像會議的天地線。曹大喜過望，立即答應。

那朋友也真有本事，居然當晚曹國強與趙東海便能與 Bill Hunt直接進行視像會議，除了兩個副手，身在峇里島的 Joe Roth也乖乖在線上出現。Bill Hunt是個非常精明的人，他亦估計中微子會再大幅殺價，現在應好好把握這罅隙時機，更重要的是他第四季損手得很厲害，若賣掉 Extra可套回 45.5億美元，財政壓力立即舒緩，並提供資金助他入股一家心儀的 AI醫藥公司，於是便拍板支持出售 Extra予 Neutrino。

曹國強舒了口大氣，已有 72%同意票在手，意向難測的羅永貴基本上可以不理。

此刻他心下竟有一絲戚戚然。Michelle雖然霸道又不受控，但她是不世出的奇才，更為自己賺了天文數字金錢。曹國強知道此生都不可能再遇上這麼厲害的人，現在要跟她分道揚鑣，

< 15 >

不禁也有些傷感。

炒地鋪心狠手辣的他也是一名豪傑，神傷一閃而過，眼前事是要立即召開董事局會議，通過出售，把豐厚利潤放進口袋裡。

12月 29日下午 2時 10分，曹國強從辦公室下樓往會議室，迎接即將到來的董事們。Winter Wolf沒派員出席但已經律師傳來同意書。

來到會議室，羅永貴已在裡面，玩著手遊，笑咪咪地向曹打招呼。會議 2時 30分開始。2時 15分桑賈伊到達，曹國強上前握手迎接。

2時 25分，尚差醍醐真言便人齊。這時身在東京，正跟一名國會議員喝咖啡的楊傲雪接到 ICE詢問：//要不要給妳傳送會議室現場視像？ //

她邊跟議員交談邊自腦部回傳訊息：「不用。」

2時 30分，醍醐真言準時到達。

眾人就坐，出席的還有董事局委託的 Fortitude Legal Partners 律師事務所的兩個資深律師，見證及確認今日投票過程與結果。黑色為主調的會議室，令現場凝重的氣氛倍感壓迫。

曹國強於主席位置站起來，說：「感謝各位股東出席這次特別會議，就中微子集團作價 650億美元，收購 100% Extra Corporation之事宜，以投票方式表達贊成，抑或反對。這是非常嚴肅及重要的事，相信各位都已深思熟慮，並會作出理性的決定。兩位股東，私募基金 Winter Wolf與李兆斌先生 Edward Lee今日未克出席，但都已投票。為免對各位造成任何影響，他們的意向在投票結束時，由 Fortitude律師事務所的張律師同步向大家公布。請問董事們有任何問題嗎？」

眾董事表示清晰明白。

曹國強説：「那好，感謝各位，現在請投票。」

X X X

趙東海拿著雞尾酒，與三名上流社會人士談笑風生。

四年前初冬時分一個晚上，他受邀出席一個私人慈善晚會，晚會的場地是一座未來風格的空中花園，四周環繞著全息投影的星空，空靈感覺的音樂悠揚。

趙家早在民國時期已非常有錢，趙東海在美國唸完建築後，一天也沒在建築行業待過，六十年來都是過著優哉悠哉的富裕生活。不同於一般公子哥兒，趙東海一直很低調，保守，在上流社會圈子裡風評甚好。入股好友曹國強的網台 Extra，只是玩票性質，後來楊傲雪崛起，逐漸把公司發展成充滿爭議性的娛樂業巨頭，他作為第二大股東，已是平生最高調的形象。

大會安排了三場表演，其中一場是舞蹈，由一位非常年輕的男舞者在全息投影星空中，跳出夢幻般的舞步。表演不局限於在台上，男舞者穿梭於賓客間，舞姿優美靈動，雖是男子之身卻柔若無骨。舞蹈融合了未來感的光影特效，每個動作都像與空氣中的光粒子共舞，在古典弦樂與微電音互相交織的音樂中透出一份超感觀之美，令人讚嘆。

趙東海更是怦然心動！

晚會結束，他離開會場，等司機把車駛過來接他回家。因為剛散場，門外名車眾多，有點擁塞。恰巧這時那位男舞蹈員也站在他身邊，似也在等車。趙東海心生親近之意，便表達一下對今晚演出的讚賞。

「你好！我姓趙，是今晚的座上客之一，看了你的表演，真是優美，我很享受，想表達一下謝意。」趙親切地說。

舞蹈員表演時兩次掠過他身旁，雖近距離但時間短促，此刻他站在身旁，趙才發現他長得真是秀美。

男舞蹈員受寵若驚，忙說：「啊！謝謝趙先生讚賞，希望你渡過了一個愉快的晚上。」說時臉頰竟泛起一片緋紅。

男子年輕俊秀，體態健美，趙東海對他有說不出的好感。此時見到自己的車子緩緩駛來，便問：「你喚了車？」男子說對，在等車。趙說：「我很欣賞你的舞姿，想冒昧請你喝一杯，會賞個面嗎？」

男子略為愕然後說：「好的，謝謝趙先生。」

「啊，別客氣，很高興能與你喝一杯。怎稱呼？」

「我姓林，叫 Florian。」

「來我家好嗎？有過得去的威士忌與紅酒。大家喝兩杯，我是老骨頭了，但從來對跳舞藝術很有興趣，很想請教你一下。之後我叫司機送你回家。」

「請教不敢。趙先生一點也不老，看起來才四十多哩！」

「哈哈，我也想喔！」趙東海樂上一陣子。

車子開到趙家豪宅，三層獨立屋，泳池大花園，屋內有升降機。趙東海單身，一個人住。他興致超好，囑傭人從地下酒庫，取了瓶價格二萬歐元的 Domaine Roman　e-Conti葡萄酒。

趙東海以請教跳舞心得打開話匣子，天南地北隨意之所至交談，他發覺自己這副不年輕的身體，在這位美少年面前充滿渴望，這是多年未有之事。

又開了瓶葡萄酒，喝了一口後，趙東海試探式把手放在Florian手背上，他不抗拒，還主動迎上。

「為了膝蓋著想，我在屋裡建了座升降機，有興趣坐坐？」

升降機把二人送到三樓，前方是間客房，左邊是個迷你影院，右邊是趙東海的寢室，他把 Florian領了進去。

趙東海是隱藏自己性取向的同性戀者。

寢室很大，裝潢充滿歐陸古典氣息。柔和燈光中 Florian脫去上衣，露出泛著健康光澤的膚色。他的身材健美而勻稱，肌肉線條分明，展現出長時間舞蹈訓練的成果，每塊肌肉都煥發著青春的力量。

< 15 >

長褲徐徐卸下，腿部線條修長，下體雄偉。他的裸露不僅是肉體的展示，也像是一種藝術的表達；帶一絲挑逗與神秘的深邃眼眸，更是令趙東海心動不已。

他知道自己已年過六十，跟眼前的美麗身軀無法比擬。但他有錢，錢是他征服這個美少年的武器。

六十歲與十八歲的身體綣在床上，趙東海吻著他的胸膛，他卻望住半明半暗燈光下牆壁上深邃的一個角落。

首爾一家豪華酒店房間內，楊傲雪喝了口白酒，看了一會二人纏綿床上的景象後，腦海便關掉視訊連結。她行到窗邊，欣賞面前漢江楊花大橋的夜景。

今晚的舞者 Florian，名叫林逸生，他正在執行楊傲雪的任務：色誘趙東海。除了金錢報酬，還可進入 Extra World當練習生，有機會在音樂圈出道，這是無數年輕人夢寐以求的機會。

這是楊傲雪設計的一場誘惑行動。

她長期僱用一支團隊，專門發掘各式各樣的人才。半年前，舞蹈技巧出眾，同時兼具天真、陰柔、神秘氣質的林逸生由「星探」送到她面前。楊傲雪認為他很適合執行色誘趙東海的任務，便讓他接受專業情感操控訓練。

然而，能令趙在極短時間內上鉤，是因為林逸生使用了兩種由楊傲雪開發，能夠影響情緒、撩起慾望的微型設備。

林配戴了一個細小的「情緒共振模塊」，能夠感知趙的情緒波動，並通過微弱神經信號回饋，使他感到前所未有的放鬆和愉悅，並放大內心的渴望。

楊傲雪另一個裝備的設計靈感，來自曾邂逅過的一位中性人祖兒，這個人身體內的荷爾蒙、腦內啡、催產素、費洛蒙等的分泌與釋放異於常人，令他能散發超凡魅力和性吸引力。她於是想到把這些化學物質與元素，提煉並合成為一個小型設備，便從一些天生吸引力與性能力特強的人的體液中，通過效液相色譜（HPLC），識別出特定的荷爾蒙和神經傳遞物質，再利用合成生物學技術，將提取的化學物質進行分子重組，創造出更強效的類似物，這些化合物可以模擬自然的生物反應。

她把這氣體，注入一個能釋放細小化學物質的微型噴霧系統內，氣霧會隨空氣流動擴散。這個小裝置內置傳感器，能檢測色誘對象的生理反應，如心率、呼吸頻率等，根據這些數據，調整釋放的化學物質和濃度，以取得最大吸引效果。

林逸生成為慈善晚會的表演者，當然是楊傲雪安排。趙東海候車時林刻意出現，並釋出氣體，趙毫無知覺地全吸進。他絕非色慾狂魔，遇上年輕美男不會立即就想性交，更不會隨便邀請別人往家中，做出這些激進行徑當然是因為著了道兒。到了趙宅，二人喝酒時氣體持續釋放，趙東海終於完全按捺不住。

當林逸生成功引誘他把自己帶進睡房後，暗地裡拿出另一個楊傲雪發明的工具。

這是個直徑七厘米的圓形裝置，非常輕巧。進入寢室後，在手心輕輕一按，裝置內的超聲波感測器即時掃描房間結構，生成 3D地圖，AI算法隨即根據房間的幾何結構，計算八個最佳拍攝角度，並隨即自動分離成八個獨立個體，每個都是微型

< 15 >

拍攝器，悉數內置 360度魚眼鏡頭，採用低光增強技術，在趙東海昏暗的房間裡也能清晰拍攝。

每個獨立個體均有四足爬行功能，像昆蟲般移動，沿著地板、牆壁及天花板攀爬，到達八個不同位置，穩定地分佈著，並開始拍攝。八個鏡頭不斷切換，影像實時傳送往身在首爾的楊傲雪。

趙東海激烈抽插林逸生，他興致高昂，渾身是勁，感覺自己的身體回到三十歲。

在裂帛般的一聲呻吟叫喊中，整部淫片已經由八個鏡頭拍攝並同步剪輯完成。裝置即時通知楊傲雪，她腦裡重新開啟現場視像，只見趙東海已然完事，癱在林逸生背上。她啟動回收模式，所有個體組件立刻迅速返回，合併成初始形態，靜靜地爬回林逸生大衣的口袋裡。

「四腳怪辛苦了！」楊傲雪微笑著說，她稱自己這發明做「四腳怪」。

楊傲雪收藏起趙東海這部 17分 15秒淫片，以待有需要時使用。

除趙東海外，曹國強、桑賈伊、醍醐真言、Winter Wolf的 Joe Roth與 Bill Hunt、嚴浩東、羅永貴、Alferd Hau、Edward Lee，所有人的黑材料，她都有。

林逸生順利完成使命後進入 Extra當練習生，接受嚴苛訓練，一年後加入男團 Dark Matter，成為 Void。

有次在「影舞者」內，楊傲雪介紹 Void給趙東海認識，大家都裝作初次見面，其實現場三個人，均心知肚明二人互相認識。

X　　　　　　X　　　　　　X

投票結果：

曹國強　贊成
趙東海　反對
桑賈伊．瓦德加馬　反對
醍醐真言　贊成
Winter Wolf　贊成
嚴浩東 反對
羅永貴　贊成
Alferd Hau　贊成
Edward Lee　贊成

61%贊成，39%反對，不達門檻，出售 Extra Cooperation議案遭否決。

曹國強呆了。

<16>

「喂，阿夜，lunch time啦！」

「我帶了便當，不去了。」

「嘩！正！可以看看嗎？」

阿夜拿出便當，一群同事哄過來，餐盒打開，入面有海苔、香腸，玉子燒、魚漿，椰菜花、切成花花形狀的紅蘿蔔和飯糰；好精緻美麗。

「卡哇伊呢！」、「羨慕死，怎捨得吃啊？」、「為甚麼我不是日本人呀？不然就可以天天吃這個了！」同事你一言我一語，圍著這個「示眾」的便當說。

「喂，明天要過新年了，妳家會不會做新年便當？」

「會呀，那叫「御節料理」，每年都會做的。」阿夜笑咪咪回答。

「不行啦不行啦，聽到都好想食，今日不去茶餐廳了，去吃廉價壽司止止癮吧！」同事說畢，一閧而吃午飯去了。

世界頓時安靜下來，阿夜泡了杯綠茶，拿出木筷子，說：「Itadakimasu」，便開動了。

阿夜名叫前田亞夜，同事和朋友都叫她阿夜，是在本地出生的二十一歲日本女孩。父母來自日本新潟縣，父親在一家生產著名稻米品種「越光米」的公司工作，被總公司派駐海外，一做二十二年。

阿夜眼睛大大，蛋臉圓圓，焦糖咖啡色頭髮，綁一條小馬尾辮子，樣子十分漂亮可愛，像個精緻娃娃。她在日本人學校唸中學，日文與中文都是母語，中學畢業後便在這家寫手機APP的小公司工作，同事都是年輕人。有時她會租借朋友的小工作室，晚上開些私家班教日文，日子過得很開心舒服。

正要把玉子燒放進口裡，手機通訊軟件彈出訊息：「前田小姐，妳好」

「喔？」

「請別誤會，這不是詐騙，請安心」訊息這樣寫，阿夜卻覺得是詐騙。

訊息繼續傳來：「有個工作，可賺些外快」

十居其九是詐騙，阿夜卻想看看對方搞甚麼鬼，便問：「甚麼工作？」

「想妳幫忙，找一位妳相熟的朋友」訊息顯示工作內容。

阿夜把玉子燒放進口裡，媽媽做的玉子燒外層金黃光亮，用雞蛋、糖、鹽、醬油製成，味道柔和，鬆軟滑嫩，微甜中伴隨著淡淡的鹹香。

她慢慢咀嚼，大概猜到對方想要找的是誰。

X X X

「妳夠狠！」

「趙先生還好吧？我一向都很尊敬他的。煩請代告訴他，this is nothing personal，完全是為了大局。我元旦後回來，到時請他吃飯，親自向他賠不是。」身在東京的楊傲雪對電話裡的曹國強說。

「妳還有誰的黑材料？」曹掩蓋不住怒氣，質問她。

「每個股東都有。」

「包括我？」曹國強明知故問。

「那當然啦！創立 Extra World時，我沒向你要 Extra任何股份，然後就把 Extra World搞起來。如沒任何保障，一旦發生如當下的事，我豈不是為他人作嫁衣裳？」

今日下午，Extra出售予中微子的股東投票決議，只得 61%贊成，不達門檻，遭到否決。當眼見最信賴的戰友趙東海投下反對票時，曹國強整個人呆住了。投票後趙東海不發一言，神色凝重。

「喔！甚麼？」羅永貴瞪大雙眼，不敢相信，幾秒鐘後才說：「老趙你竟然反對！哈哈，真是猜你不到啊！」

印度人桑賈伊望著趙東海，露出一副奸笑表情。他知道趙出賣了曹，但內裡發生了甚麼事則全然不知，反正他不想出售Extra，趙的反叛，他樂見其成。

醍醐真言正襟危坐，一張撲克臉沒流露出對投票結果是高興，抑或失望。

「好了！遊戲繼續玩下去，好戲在後頭！」嚴浩東説話與舉手投足都帶有江湖氣味，他覺得公司仍大有可為，大樓外那些對峙好快就會過去，樂於見到投票結果。Michelle昨日才問過他，Extra L.A開台時要不要過來洛杉磯出席？顯示她對投票結果成竹在胸。這個女神美得驚心動魄，智慧深不見底，公司不賣，以後仍有很多機會與她在公在私接觸，想到這裡，不禁洋洋自得。

曹國強臉色一陣紅一陣青，他尚未搞清楚發生了甚麼事，但猜必是楊傲雪在耍陰險。此刻只能沉住氣，先以主席身份確認結果，再圖後著。

眾人離開前，羅永貴仍不忘損曹幾句：「KK，你被好友出賣啦！地鋪王今後要戴眼識人喔！」他自己也投了贊成票，但出售與否他其實無所謂，公司賣不成他可以繼續時不時回來指指點點，也不是壞事。見到曹國強臉色鐵青，便幸災樂禍，講完後覺得頗為舒暢。

曹國強仍在錯愕與不明所以的情緒中，根本沒理會羅永貴，這個人在他眼中只是個小丑，現只一心待各人散去後，親自向趙東海問個明白。

「不如去你家談？」曹問趙，此刻他只覺 Michelle Young在這大樓內無處不在，投票結果令他渾身不自在，只想盡快離開。

到了趙東海的三層獨立大屋，趙為曹國強倒了杯白蘭地，二人坐在大廳，喝著酒，不發一言，良久，趙東海主動開口說：「我被 Michelle暗算了，就是發生在這間屋內。」

「哼！」曹國強心想，果然是如此。

「KK，你我相識有廿五年了吧？其實，我是個同性戀者。」趙東海說出隱藏得極深的秘密，語氣卻是十分平靜。

「喔？真的沒看出來！」曹頗為詫異。

於是趙東海便講出當時如何被林逸生引誘上床，聽完後曹國強問：「她甚麼時候威脅你的？」

「投票日前三日，她要我不動聲色，如果告訴了你，或投下贊成票，一個小時內，全地球的人都會看到這段影片。」趙東海說來平靜，但所受的驚嚇和壓力不問而知。

曹思索了一陣，說：「影片的主角是你和 Void，一旦公開，Dark Matter也會陪葬，但她當然在所不惜。」

「這個女子行事狠絕，對她來說沒有甚麼是不可以被犧牲的。」有著切身感受的趙東海說。

「此事怪不得你。」曹國強對好友同情也體諒。

「我幾可肯定，被她抓住痛腳的，不止我一個，」趙東海的猜想是對的，「我暫時不會退出 Extra，投了反對票卻立即離開，會很奇怪。服從了指示，相信她也不會對我怎樣。對外我會説經過深思熟慮，覺得 Extra前景很好，支持繼續發展。」

「同意。以你的處境，一動不如一靜。經過今次投票後，中微子的下一步，不外乎停止收購，或再強行收購，很快會有分曉。」曹國強判斷情勢。

「你有何打算？」趙問。

「Michelle Young不只失控，根本是個魔頭。現在底牌揭開了，便有揭開的玩法，我不會離開，會陪她玩下去。」曹國強能炒賣地產賺幾百億，威逼利誘之事又怎會幹得少得了。現在與楊傲雪的關係演成「與敵同眠」，他也是個梟雄，會奉陪到底。

他估計中微子一是停止收購，一是繼續敵意收購，這判斷卻有偏差。

股東投票後，Extra透過律師事務所，正式通知中微子公司拒絕六百五十億美元的收購。WE收到訊息後，立即快速調動資料庫，進行高速運算，估計事件原因。

它從各大社交媒體、傳感器數據、歷史紀錄收集相關評論及資料，同時構建「貝葉斯網絡」，組織及整合不同變數之間的關聯，並通過隨機抽樣來模擬不同場景，猜想事件的各種可能原因。[7]

註7：貝葉斯網絡（Bayesian Network）是一種圖形模型，用於表示變數之間的條件依賴關係。它能整合複雜的因果邏輯，提供有效推理方法，適合應用於許多大小事情，例如基於已知的天氣和交通狀況，推斷一個人到達目的地時間的概率。

<16>

得出來的結果切合事實：楊傲雪在背後搞局。而她以黑材料威脅趙東海的機率，達到88%。

無論如何，Extra的投票結果表達了管理層反對出售公司，現階段若再作強行收購，反而可能會令股東團結一致，連本來贊成的也同仇敵愾，站到反對的一方，積極抵抗收購。

WE的結論是，先將敵意收購的攻勢緩下來，短期目標改為集中對付楊傲雪，先把她剷除，後再提出收購。

WE立即從網海裡搜索關於楊傲雪的一切，包括公共資料庫、社交媒體平台、新聞媒體的新聞報導和專題文章、視頻平台、博客和論壇、學術資料庫、專業網站、數據聚合網站等，結果文字資料有數十萬頁，短片三千多條。整合後，歸納出三個重點。

(一)楊傲雪幾乎是以一人之力，短時間內建立起整個誤樂媒體帝國，這是遠超常人之能，歷史上沒有先例。她曾不斷宣揚前「思巧邏輯」主席林蔚遭人工智能附體，如果真有其事，那麼楊傲雪本人亦可能是同一性質。要對付她，須假設她是也人工智能機器人。

(二)Extra World以燃點慾望為主要定位，整個平台一路締造意識形態與道德觀的對抗與衝突，現在連它自身也進入了對立的風眼中，承受越來越大的壓力。策略上要把這些壓力，從針對 Extra而全面轉移到楊傲雪一個人身上。

(三)從暗網討論區、半公開資料、都市傳説等皆有傳聞，被楊傲雪抹黑的林蔚，曾經擊敗楊傲雪，為遭楊陷害的建築師秦舜堯解圍，免受牢獄之災。林與楊的關係千絲萬縷，林是唯一在已知紀錄裡曾挫敗過楊的人。拉攏林蔚，與他合作，是可行策略。[8]

註8：詳見《IMU》三部曲之二《AI 人格分裂 DID》

WE原本制定之策略目標，是大幅挫敗 Extra World，損耗它的價值與商譽，再壓低收購價，購入 Extra所有資產——全部平台、訂戶、樂迷、網路用戶、娛樂節目、旗下藝人、各地的物業與硬件設施，和最重要的：ICE演算法系統。

《冰眼》上架當晚，WE進攻 Extra Immersive內核，企圖佔據沉浸系統，改變劇情及干擾互動功能，結果 ICE在楊傲雪指揮下退敵，WE還差點遭反駭。經此一役它更鐵心要奪得 ICE。

楊傲雪在東京總部與同事一起吃著薄餅時，已估算出這個厲害的進攻者，正是中微子公司裡的超級人工智能機器人——雖然這台超級電腦的存在是絕密，它亦是置身於地堡之中，但早在中微子敵意收購基因工程科技公司 DBtech Inc.時，楊傲雪已查到了這家公司的大腦是一台叫 HIN的機器，而她不知道的，是這個 HIN已被自己體內誕生的覺醒者 WE奪舍及控制，亦不知道 WE正在下一盤，比周圍去收購企業宏闊得多的大棋。

WE的策略重心已轉移，現在的主要敵人是楊傲雪。

<17>

從倫敦機場轉機，抵達愛爾蘭首府都柏林時，已近下午四時，飄著微絲細雨，一片陰沉晦暗，三十分鐘內，天就會全黑了。

一月的愛爾蘭，氣溫零下五度。阿夜戴著一頂炭灰色毛線帽，帽子略微蓋住了一隻耳朵。身材嬌小的她，穿著一件軍綠色毛領厚外套，戴著露出上指節的黑色毛冷手套，黑色緊身褲，穿一雙 Doctor Martin靴，鞋帶繫得鬆鬆的。右肩背著個咖啡色配橙色線條大背包，左手握著一杯熱騰騰巧克力，在冬日寒風中，頗有幾分酷炫而堅韌的街頭感。

前晚是大除夕，同學，朋友，同事都沒約她出去玩，大家都知道這晚她一定陪雙親吃「御節料理」。今年跟以往都不同，阿夜早一天告訴爸媽，吃過除夕飯後，會搭凌晨班機飛英國，再轉飛愛爾蘭，一個年紀比她大十來歲的筆友突然病危，情況急轉直下，她好想去見對方最後一面。爸媽都知道女兒有個通訊了兩年的筆友，想不到突然傳來壞消息。阿夜說她在那邊留個四天便會回來。

阿夜一半老實一半說謊，她的確是有個通訊兩年的住在愛爾蘭的筆友，但筆友沒病，亦不知道阿夜會來訪。

WE決定找林蔚襄助，對付楊傲雪，但這個人已消失於人海，連超級 AI也找他不到。

兩年前，林蔚誘發 M終端系統對駭客 Fungus發動偽攻擊，之後向速遞公司留下辭職信，並為突然離職致歉，付了該付的補償金。他知道楊傲雪會報復，當晚立即坐飛機離開，逃到天涯海角。

Michelle只找到他入境英國紀錄，之後便消失於天與地。

WE同樣找不到林蔚，卻想到個方法，它駭入保安局電腦系統，翻看兩年前林蔚猶在速遞公司上班時，附近街道閉路電視的片段，看到他從公司步行二十分鐘回家，隔日亦是步行上班，天天如是。WE於是翻看了再對上一年他上班與回家所有錄像，發現共五十九次跟一名年輕女孩同行，三十七次一起在途中的食店吃晚飯，女孩十三次跟他一起上他家，都在一至兩小時便獨自下樓離開。人臉辨識系統找出這女孩是前田亞夜。

那天，獨自在公司吃著媽媽做的玉子燒，阿夜問通訊軟件裡的來訊者：「你想找的人是誰？」

回覆：「林蔚」

「為甚麼會找上我？」阿夜猜中，再問。

「我翻看了他上下班時的街道閉路電視，發現了妳」

「找他幹甚麼？」阿夜問。

< 17 >

「有個工作，想看他有沒有興趣。只要給我他的聯繫——我希望妳有，我們便會付妳三萬元，就是如此，非常簡單」

「我怎能隨便給你別人的聯繫？也不知道你是誰？是不是在做非法勾當？」阿夜說。

「妳的疑慮很合理。讓我表白身份，我們是 Neutrino公司，亦即正在收購 Extra集團的公司，妳一定聽過我們的名字吧。我是公司代表，妳可以叫我 WE。我們收購 Extra遇上困難，翻查過林蔚先生的歷史，認為他可以在這方面提供協助，想請他當顧問」

阿夜說：「相信你們已知道他不在城中，我的確有跟他通訊，但我們是用寫信的」

「妳指的不是電郵？」

「是信件，用筆寫在紙上，再寄出的信件」

「難怪沒發現他的網路蹤跡！」WE恍然大悟，「我們急著要找他，信件往來太慢，能告知他身在何方，讓我們直接去找他？」

「這事有多急？」

「收購 Extra遇上阻滯，管理層想立即再制定新收購方案，越快越好，分秒必爭」

阿夜思索了一下，說：「我可以親自跑一趟，但事先聲明，找到他後他是否願意跟你對話，與我無關。他現身在歐洲，我當跑腿的報酬是四萬美元，」這是獅子開大口的價錢，但若對方真的是中微子，便不會計較，若是偽裝，會知難而退，「先付一半，確定見到他後，餘下一半馬上打進我戶口。若找不到他，餘款不收。我要乘商務客位，住宿則普通就可以了。」

「沒有問題，妳給我銀行帳戶，我們一小時內匯款。但妳要明晚就出發，同意的話我們馬上為妳購買機票」

如是者四十八小時後，阿夜抵達了都柏林。

她在市中心奧康奈爾橋附近的旅館住了一晚，翌日中午過後，天色陰沉依然，她買了開往中南部蒂珀雷里郡（Tipperary County)的長途巴士車票。

巴士開出首都，繁榮逐漸褪去，窗外景色越見清冷。濃冬的天空被厚厚的雲層覆蓋，偶爾才隱約透出半絲灰藍色的光。巴士蜿蜒行駛於路上，兩旁盡是鋪著雪的平原。

阿夜從未來過歐洲，只見沿途大地孤寂，遠山蒼涼，頓覺自己像置身荒蕪黯淡的中世紀。

一個小時後到達中途休息站，附近居然有座荒廢了的古老石造城堡，阿夜便行過去看看。城堡的石牆因為潮濕而倍顯沉重，苔蘚和藤蔓在角落裡悄然生長，大木門早已腐朽，寒風呼嘯而過，發出低沉的呻吟聲，仿佛在訴說著過去的故事。

景物冷清，阿夜心想：「怎能住在這種地方？」

一個多小時後，終於來到目的地，蒂珀雷里一個小鎮Cashel。她下了車，望望這個地方，街道狹窄曲折，兩旁是古

< 17 >

老石頭和紅磚構成的低矮建築，好些外牆漆面剝落。

林蔚在這裡的一家酒館打工，她沿途尋找，只見這小鎮似乎只有一條街，街上只有一家銀行，和一家櫥窗上貼著褪色廣告的雜貨店，整個地方都散發著孤獨氣息，與數碼社會沾不上丁點干係。

終於，Old Cottage的名字映入眼簾，這家酒館門口懸掛著一個木製招牌，上面用金色字體寫著它的名字，這是來到這陰霾國家後最振奮的時刻。阿夜抖擻精神，推開沉重的木門，裡面是一片昏黃的舊世界。

室內的空氣裡彌漫著啤酒和少許燉菜的氣味。老式燈具懸吊在天花板上，散發著柔光。牆上的深褐色木板，明顯經歷長年累月的磨損。滿室桌椅都用實木製成，帶著些許斑駁。吧台是深色橡木，光滑表面反射著微弱的燈光。

牆上老鐘顯示下午四時，跟昨天抵達首都的時間完全一樣。顧客有七八人，都已有點年紀，突然有個東方面孔的美麗小女孩進來，眾人都是一怔，但很快便回到自己的天地裡去。

館裡只有一個身兼酒保的侍應，阿夜入鄉隨俗，點了杯愛爾蘭司陶特黑啤酒，問：「是不是有位林先生在這裡上班？」

侍應望望牆上的鐘，答：「對呀，大概半小時後就會來上班了。」

明知林蔚是在這裡工作，得到確認，阿夜仍有如釋重負之感。

喝著酒色漆黑的啤酒，阿夜忽然有感自己身在離家萬里的一家酒館裡，一份對周遭環境的疏離感油然而生。她又喝了口啤酒，等候著林蔚出現，意識流般勾起當初認識他時的片段。

三年前，阿夜十八歲。有次她爸爸前田先生委託林蔚工作的速遞公司，送一件貨件往另一家公司，但不知怎地收件人竟已離職，公司便致電前田，問該如何處理，為穩妥起見，他說自己會搞清楚，囑速遞員先把貨件帶回物流公司。

原來收件人當日在公司與上司爆發嚴重衝突，竟出手打了對方兩拳，被即時解僱，在保安員押送下離開公司。恰巧前田翌日早上要飛回日本述職，他不想隨便把貨件交予該公司其他人，便囑託女兒上班前先幫他取回郵件帶回家，他五天後回來再處理。

阿夜心想反正不急，貨件當天取回便可，她問清楚了物流公司的關門時間，於當晚八時過後上去取回貨件。

來到時，見裡面只有一個男職員，坐在角落位置，戴一頂鴨嘴帽穿黑色連帽衫，正看著電腦。她上前詢問，職員抬起頭看到她時，突然露出一個驚奇表情，但很快便回復正常。

對方的反應令阿夜打了個突，取回貨件後，男子說留在公司只為等她，現在公司也要關門了。阿夜說了聲不好意思，害他遲了收工。

這時，男子問了個令阿夜害怕的問題。

「可以陪我吃晚飯嗎？」

<17>

這是舊式工廠大廈，乘運貨升降機上來後，見所有公司都已關門。在寂靜無人的樓層裡，一個男子突然這樣問，不由得有些害怕。

「抱歉，唐突了。小姐請先離開吧，妳下樓後我才關門離開。」男子也知自己嚇怕了對方。

阿夜反而心裡一氣，問：「是不是每個上來的女孩，你都問她要不要陪你吃飯？！」

「當然不會，只是因為妳長得很像我以前的女朋友，我才衝口而出，真的很抱歉。」

「阿叔，這些把戲也太老土了吧！」男子雖然面容有點滄桑，鬍子也刮不乾淨，但看清楚些其實也很年輕，應該只有三十歲上下，但對於一個十八歲女生而言，已是大叔。

男子不語，打開手機，向阿夜展示螢幕上的美麗女孩，眼睛大大，蛋臉圓圓，跟她竟有八分相似！

阿夜打了個突，怎會如此巧合！便說：「先生不好意思，原來是真的！」

「我才不好意思，這是妳的貨件，晚安了。」便把貨件交予她。

阿夜覺得今晚的事真是奇妙，「是騙局嗎？」她心裡想，便取了貨，說了聲謝謝，離開物流公司。行到升降機前，回頭望，見燈光不明亮的長走廊，只有物流公司開著門，燈光透門而出。

物流公司內，男子若有所思。突然見阿夜站在門外，問：「一起吃飯是嗎？」

<18>

大除夕晚，東京下了入冬以來最大的一場雪。在豪華六星級酒店高層 Elysium 宴會廳，除夕氣氛異常熱烈，與室外寒流形成對比。Extra Tokyo 在此舉辦除夕倒數派對，公司上下七百多人幾乎全部出席，亦請來很多政商界嘉賓。雖然有些被邀請者不想與充滿爭議性的 Extra 有太多牽連，刻意避席，但不少政界重磅級人馬，譬如前任東京都知事高橋直樹，以及十多名現任東京都議會的執政及在野黨議員，均應邀出席了這場派對。這些人都在看風向，如果前日 Extra Cooperation 股東通過出售 Extra 予中微子，今日當然便不會出席。議案終遭否決，楊傲雪的控制權進一步鞏固，深諳大媒體影響力的政客，便都出席了派對，跟 Extra 保持住友好關係。

楊傲雪邀請了所有 Extra 股東來東京參加今晚的派對，結果嚴浩東與羅永貴二人應邀出席。後者很早便到達，楊傲雪笑容滿面上前迎接：「羅公子，歡迎！百忙中趕來出席今晚的倒數派對，辛苦了。」

羅永貴笑容滿面：「我求之不得啦！喂，Michelle，我投了贊成票，只是為了想公司外那群討厭的示威者早早消失，可不表示我不支持妳啊，no hard feeling 呀！」

楊傲雪笑說：「怎會呢？每個人的意見我都尊重，大家都是一心向著公司。」這時有兩位 Extra Tokyo 旗下藝人美女行了過來，Michelle 說：「我來介紹，這位是愛雪，這位是美之子。我本來想安排羅公子坐在一號主家桌，但她們嚷著想跟你請教娛樂平台的管理事宜，那就讓她們敬陪你左右，坐在二號桌，好嗎？」

二女很冶艷，羅永貴笑說：「哈哈，當然好呀！坐幾號桌甚麼的不要緊嘛，我這種瀟灑自在的人，坐主家桌還嫌拘謹呢！所以我從來都說，Michelle 真是最了解我脾性的人喲！」

二女向羅四十五度鞠躬，齊整說了聲「請多多指教」，便陪羅永貴喝香檳去了，她們今晚會好好招待他。

晚宴開始前半小時嚴浩東也來了，楊傲雪上前迎接，他的見面禮儀可不是面踫面式，而是往她的臉頰親下去，且是荷蘭式的右側，左側再右側連吻三下。

Michelle 說：「東哥大駕光臨，今晚蓬蓽生輝。」

「我怎可以不來呢？妳把公司搞得有聲有色，明年一定百尺竿頭更進一步！我說呀，KK 那傢伙被豬油矇了心眼，居然想把公司出售，結果連他的親密戰友都不支持。我一想起他看到投票結果時那個樣就好笑，可惜妳不在場啦！」

「KK 可能只是一時想多了。趙先生跟東哥你一樣，頭腦最清醒，精明又理智，自然能作出正確的決定。多年來你對我都是那麼支持，我是由衷感謝啦！來，今晚坐我旁邊，咱們先去喝杯香檳，好嗎？」說畢便以雙手翹住嚴浩東右臂，往一號桌行過去。香檳未喝，嚴浩東已先醉了。

< 18 >

晚餐八時開始，巨大宴會廳開了一百桌。高橋直樹與嚴浩東坐在楊傲雪左右兩側，她的日語説來跟日本人沒兩樣，今晚只談風月，以日文與高橋笑談江戶時代「吉原遊廓」花街柳巷風情，花魁與遊女屋的掌故娓娓道來，也談到大型青樓裡的俳句、滑稽和歌、三味線音樂等文化。席上除了嚴浩東外都是日本人，大家都非常驚訝於楊傲雪對東瀛文化的深入認識。

晚宴期間有俳句與狂歌等傳統日本娛樂表演，演出者都是頂尖藝人，亦有搞笑短劇，常惹來哄堂大笑。

甜品時段，台上司儀宣佈接著的表演嘉賓，是《冰眼》女主角陰鳩真菜，頓時掌聲如雷。

一雙狐狸眼流露萬千風情的真菜上台，她感謝嘉賓喜歡及支持《冰眼》，亦再次感謝 Extra 製作團隊付出的努力，然後便唱出由李雙映作曲及主唱的《冰眼》主題曲《末日前的伊甸園》日文版。

陰鳩真菜除了演出，歌藝也是一絕。「朦朧の地平線、蒼茫の空の下で、ほのかに見え隠れ」(朦朧的地平線，在蒼茫的天空下若隱若現)，她的歌藝如女伶般精湛，眼波流轉，唱出懾人的魅惑。台下都被深深吸引著，忘了桌上的精緻甜點法國寶石蛋糕。

楊傲雪看著台上，想起了兩個月前的一天。

深秋時分的黃昏，她正在辦公室工作，傳來 ICE 的聲音：//Shade 在作曲，剛作完了，正哼著，要不要聽？ // 她説好的。

電腦螢幕隨即傳來「影舞者」舞蹈室實時影像，李雙映一個人坐在地上，室內沒有其他人，他哼著一首填好了詞的歌。這是首屬於流行曲式而帶點古典氣息的中慢板歌，他唱得很投入忘我，楊傲雪聽著聽著，內心竟有一種莫名的蕩漾。

Extra Music 旗下音樂藝人，無論是人類抑或虛擬偶像，全部歌曲皆運用大數據及演算法作曲，悉數準確命中目標樂迷喜好，多年來打造出很多大熱流行歌曲，這當然是極度理性的作業方式。

此刻 Shade 的創作，感覺卻很不一樣。

Extra Music 理性和計算的音樂產出方式，某程度上是楊傲雪不帶情感波動、極度理性和冷靜的工作及生活方式之延伸。然而李雙映創作的歌，音頻頻率與旋律結構，卻令她忽爾有種奇怪的震動，AI 核心似乎被激活了一種從未被觸及的感應模式，這段旋律像是解鎖了一扇門，讓她的情感與記憶更深層次地浮現。

那一刻，楊傲雪感受到無法用邏輯計算的共鳴。當李雙映唱到末世終結，她仿佛看到了一些模糊的畫面，深藏於記憶體內的孤獨記憶被喚醒，那不是末日，而是自己重生的一刻——不是世界毀滅，更像是創世記。

「末世終結，我也無悔無怨。
我向無垠宇宙許願，不要讓我忘記，
曾與你擁抱在美麗的伊甸園。」

雙映唱出靈魂深處的歌聲，竟勾起楊傲雪對純粹感情的渴望。

< 18 >

「終末は終わり、私は悔いも恨みもない。
無限の宇宙に願いを込めて、
あなたと抱き合った美しいエデンを忘れないで。」

台上的真菜亦正唱到了這一段，歌聲透著空靈之美。

// 他真是個純真和有創作才華的人。// 當日雙映唱完後，ICE 這樣説。

真菜一曲唱畢，全場掌聲雷動。這妖媚女星，真是個歌姬，唱來充滿感染力。而雙映則如 ICE 所説，很純真，讓人感到他唱的每一句，都不帶任何雜念，純直無曲，真情流露。

那刻，楊傲雪感覺到他由心而發的感性，與自己冰冷精算的理性，雖各走極端，卻又有著奇特的共振。

午夜將要到來，全場近千人齊聲倒數，新年在大雪紛飛中翩然降臨。Michelle 向全場祝賀新年快樂，嚴浩東又乘機大力吻了她幾下。

在《Auld Lang Syne》友誼萬歲的音樂裡全場在慢舞，楊傲雪喝著香檳，腦海裡《末日前的伊甸園》旋律縈迴不絕。

時區不同，一小時後，李雙映獨自在偌大的客廳中，一個人渡過了新年。

他是宅男，推卻了超過二十個除夕邀約。在新年到來的一刻，只致電了在韓國的母親和哥哥，並請代向父親祝賀新年。

他知道父親仍沒諒解他，搞不好自己越紅，父親就越討厭。每想到這，心裡就是一陣刺痛。

新的一年到臨，他忽然好想重溫一段短片，便把平板電腦提出來，放在茶几上，從檔案裡找出影片，按下播放鍵。

這是四個月前的影片，地點是 Extra Universe 六樓「影舞者」舞蹈室，當時 Dark Matter 正為亞洲巡迴音樂會練習及綵排，除四子外，尚有主力連後備共十四位舞蹈員，音樂會總導演及助理，以及一位樂團褓姆在場。

那天楊傲雪在綵排期間出現，她只是來跟導演説幾句話，之後便要外出開會。恰巧助理急步而來，呈上一疊二十多頁的急件，須要在會議前先閱。楊傲雪看一頁密密麻麻的文件只須兩至三秒，但這種能耐不能表現出來，便坐在觀舞席上閱讀文件。

突然傳來眾人驚惶失措的叫喊聲，Michelle 抬頭，見 Shade 已倒在地上，同時聽到總導演在大聲叫：「ICE，急召醫療過來！」，ICE 系統支援全幢大樓，除楊傲雪及公司董事外，共有十九名管理階層人員獲得權限，能隨時呼喚使用 ICE——當然須要是重要或緊急事件，不能濫用，這音樂會總導演是其中一位。

救護員今日只有一人當值，救護室在二樓，奔上來約要三分鐘。現場所有人皆慌亂無措，顯然對這種突發情況毫無經驗。

楊傲雪快步跑到暈倒在地上的 Shade 身邊，只見他面色一片青白，嘴唇變紫。她立即命令其中兩位舞蹈員：「阿博，去取 AED 來！快！」，「阿占你去取急救箱！」

<18>

她檢查他的狀態，人工智能分析所得，Shade 發生的是急性心臟性猝死，導致心臟停止泵血，必須在三分鐘內恢復心律以避免腦部缺氧，造成不可逆的損傷。這突如其來的休克，顯然是密集鍛鍊使身體過度負荷而不自知的結果。。

楊傲雪觸診脈搏，確定心臟已停止跳動。她腦中的醫療數據庫立即進行實時分析，先計算出現場所有資源，包括急救箱內藥物、排練室的設備、在場人員的能力，並制定出一個救援計劃。

Michelle 單膝跪在 Shade 身邊，眾人除了等待救護員，也只能盼望這位老闆能做些甚麼，年輕的褓姆和三個舞蹈員淚水已滾滾而下。

「阿龔，過來！」她呼喚隊長龔魁，亦即 Phantom，大家平時都叫他阿龔，「心外壓懂嗎？」她問，阿龔臨危不亂，點點頭。Michelle 說：「每分鐘 100 到 120 次，深度不要超過 6 厘米，雙手保持垂直。」阿龔這個人冷靜可靠，Dark Matter 組團時 Michelle 不作他想，很快便確立他為隊長。「每 30 次按壓後做兩次人工呼吸。」龔魁立即照做。Michelle 觀察住心肺復甦的節奏和深度，避免過淺或過深對心臟造成二次損傷。

這時阿博已拿來自動體外心臟去顫器 AED，這是「影舞者」的現場急救設備。她打開 AED，將電極貼片一個貼在雙映右胸上方，另一個貼在左側肋骨下方後，再按下電擊按鈕。第一次電擊後，她叫阿龔繼續進行心肺復甦，同時看著 AED 的心律分析，有需要的話兩分鐘後會進行第二次電擊。

// 救護員剛從洗手間衝出，現正在後樓梯趕上來，兩分鐘內可到達。//ICE 向現場報告。

「阿龔，力度太大也太深了，要減低兩成。」向阿龔發出修正指示之同時，Michelle 叫人打開急救箱，「取出寫著 Adrenaline 或 Epinephrine，和印有 Amiodarone 的藥。」這些是腎上腺素和抗心律失常的藥物。她估量雙映體重約 75 公斤，於是計算出精確的藥物劑量。

眾人見 Michelle 量藥後，親自動手準備打針都是吃了一驚，那位總導演問要不要等救護員到達，她說：「來不及了。」便把 1 毫克腎上腺素注射到靜脈。

注射後 Shade 似心跳恢復，猛然醒來，自行吸了口氣，他已從鬼門關折返。

這時女救護員趕到，Michelle 對她說：「阿恩，三分鐘後再注射 1 毫克 Epinephrine，300 毫克 Amiodarone 稀釋後緩慢注射。ICE，救護車尚有多久到達？」

Michelle 知道 ICE 在出事時已立即喚了救護車，它回答：「十二分鐘左右。」

「將他平放，保持頭部偏向一側，防止窒息。」她續向救護員阿恩說：「給他吸氧，調整氧氣流量到每分鐘 6 升，確保大腦能獲得足夠氧氣。」

這時 Shade 恢復神智，半醒地問：「練習結束了嗎？」，總導演急忙說：「你剛暈倒了，現在甚麼都別管，馬上會送你去醫院檢查。」

Michelle 柔聲說：「別擔心，沒事的。」

<18>

令現場所有人喘不過氣的生死時刻過去了，眾人鬆了口氣，回過神來，都被 Michelle 的冷靜和精準指揮震撼到，她在這樣的千鈞一髮情況下，表現得像一台無懈可擊的醫療機器。

由於曾出現急性心臟猝死，李雙映於一段時間內不適宜進行劇烈運動。全面休息了兩周後，他開始利用 ICE 設計的腦－機介面技術進行虛擬訓練，這種技術能讓大腦模擬出實際舞蹈表演的情境，訓練神經系統和肌肉記憶，不會對心臟造成負擔。

ICE 亦演算了一套正式練習前的暖身音樂，通過聲波直接影響他的心臟節律，與身體產生共鳴，當他與音樂完美同步，身體與心臟便會自然而然、徐疾有序地進入訓練狀態。

康復程序由 ICE 制定及管理，能預測和防範心臟過載風險。在精密的全程監控下，Shade 依時間表循序漸進回到巔峰狀態，迎接亞洲巡迴音樂會。

ICE 攝錄了當日整個搶救過程。巡迴演出完成後，李雙映問 ICE 這錄像可否送給他「留為紀念」——Dark Matter 正副隊長 Phantom 與 Shade 均有使用 ICE 的權限——他想留下自己生死一瞬的片段。

踏入新年的凌晨，李雙映又翻看了這段錄像。

那晚他在酒店酒吧 Sip 對 Michelle 說：「妳即使叫我去死，我都會去。」楊傲雪已救過他兩次，他覺得自己的命，是她的。

新一年已到來，夜闌人靜，雙映一個人在家中，千迴百轉，心裡惦掛著自己深深愛上、願意為她而死的女人。

<19>

茶餐廳內，阿夜喝著晚餐附送的青紅蘿蔔豬骨湯，男子點了兩個小菜，喝著沒加糖的冰奶茶。他很沉靜，從物流公司行到茶餐廳，五分鐘腳程，沿途沒說幾句話。

「哈，我們仍未彼此介紹。我叫阿夜，夜晚的夜。」

「阿夜，好特別的名字，妳經常夜晚活動嗎？」

「不是啦！我是日本人，名字是前田亞夜，是亞洲的亞，但朋友都叫我阿夜。中文講得很好是嗎？我是本地出世及長大，但每年都會跟爸媽回老家新潟縣一兩次。」阿夜對男子已撤了戒心，她性格開朗，說話時總帶著笑意。

「我姓林，叫我阿蔚可以了。」

「那一個蔚？」

「蔚藍色的蔚。」

「很少人用這個字作名字呢，男生尤其少，你父母⋯⋯

喔……！」阿夜突然打住，瞪起本已大大的眼睛，手按嘴巴：「你是林蔚！」

他正在喝冰奶茶，徐徐地回應：「對，我叫林蔚。」

阿夜突然站起來，誇張地上下打量，林蔚不理她，拿起湯匙喝湯，良久，阿夜問：「你是不是AI？」

林蔚笑了笑，答：「我不是AI！」

「Michelle說你是AI！」

「妳有見過喝青紅蘿蔔豬骨湯的AI嗎？」

阿夜坐下，喝了口冰檸檬茶，問他：「喂，我問你，以你的CV，為甚麼要當速遞？」

「我不是速遞員，是物流公司電腦部主任。」

「哈！」阿夜突然爆笑一聲，聲浪超大，鄰桌的大叔望了她一眼，她縮縮肩，正常聲浪說：「妳那個也叫部門？笑死人啦！」

林蔚笑笑不語，繼續喝湯。阿夜說：「手機裡那個是你前女友？她很漂亮呢！」突然想到林蔚說覺得自己很像她，那不就等如自己讚自己漂亮？

「是的。」他說。

阿夜靠前了些，問：「妳仍愛著她？」

林蔚喝完最後一口湯，自言自語般回答：「是的。」

「大家沒再見面？」

「沒有。」他答。

「為甚麼不找她？」

林蔚望著沒了湯的湯碗，用湯匙撥弄著裡面的豬骨，說：「有些事不是說的那麼容易。」

阿夜雙手托著下巴，說：「嗯……說的也是，我明白的。」她看著眼前這位大叔，見他看著湯碗，無意識地撥弄著裡面的食物，感覺到他的寂寞，心念跳動，突然說：「我們可以多些見面，你當我是她啦！」才說罷便即時覺得自己這些話不倫不類，也好像不是太好，至於有甚麼不好，又說不出來。

「謝謝妳。」林蔚輕嘆了口氣，「妳心地真好。」

「不不不，沒有沒有！」見他突然認真，阿夜也作出反應，說「不不不」時張開雙手手掌左右晃了幾下。

林蔚的前女友，是張可琪。

當年他向上市公司主席的位置高歌猛進，在奔向財富與權力的路上徹底迷失，最後失去了一切。[9]

最後張可琪留下了一封信，便離開了。那封信，他保留在身邊，去到天涯海角，都會是他人生裡最後的憑藉，和慰藉。

註9：詳見《IMU》三部曲之一

< 19 >

這思想行為很古老過時嗎？甚麼年代了，還留著一封發黃的信，渡過寂寞人生？這種橋段老土死了！

林蔚也有這樣想過，「老土死了，也不錯啊，很適合我，我本來就是個死人。」

那次之後，阿夜有時會來找他，陪他散步回家，有時一起吃晚飯，這些都被 CCTV攝錄了，也都被 WE看到了。有十來次林蔚請阿夜到自己家，他家裡連電視電腦都沒有，兩個人只是聊天，甚麼都沒發生。

有天，林蔚突然辭職消失了，人去樓空，手機號也取消了。阿夜心急如焚，但她知道他一定會以某種形式再出現，便耐心等候，手機一震便立即看是不是他，害得神經衰弱。直至兩個月後，突然在家裡信箱收到一封信，信上郵票印著 ire，她不知是甚麼地方，卻猜到是林蔚寄來，急忙拆信，果然是他，內容很簡潔，說他得罪了有勢力人士，現已逃往並隱藏在愛爾蘭一個小鎮，他沒事，請她放心，會再聯絡。信封背後連回郵地址也沒寫。

兩星期後再收到信，這次信裡他寫了自己的地址，說以後也以寫信方式通訊，因為要對付他的人神通廣大，他要在網路上消失，但這只是暫時，總有日會復常。阿夜立即回信，問可否過來探他？又再兩星期後收到回信，說暫時不要過來。

這個十八歲女孩，人生第一次領略「古人」的溝通方式和滋味。

為避免有時爸媽會見到信起疑心，便騙他們說自己交了個很老派的愛爾蘭筆友。六個月後，這位「筆友」說他搬了屋，去了另一個鎮居住，並附上新地址。

阿夜想這避難狀況應不會永遠持續，豈知他一待就是兩年，直至幾日前的除夕前一天，收到中微子公司的任務。

中微子想她立即出發，她自己也急不及待。是這個任務，令一件她一直想做的事，變得出師有名。

此刻她坐在昏黃的酒館裡，等待著林蔚的出現。

林蔚真的出現了。

他從吧台右面朝酒館內的中心方向出現，應是從後門進入酒館。

阿夜心頭一震。林蔚仍是老樣子，與第一次在物流公司遇上時幾乎一模一樣，只是頭髮再長了些。他穿深色衛衣，擼起了袖子，一副準備要工作的模樣。

很快，他便看到了阿夜。

林蔚向她行過去，阿夜站起來，快步行到林蔚面前，緊緊抱著他。

林蔚垂直雙臂，攤開手掌，再慢慢抱住阿夜，二人在酒館中央上演了溫暖的一幕。有位愛爾蘭酒客叔叔，拿起酒杯微笑向他們乾了。

「衣服穿得夠嗎？」緊抱了一陣後，林蔚身子向後稍退開，雙手搭在阿夜肩膀上，看著她；兩年沒見，第一句話是這個問題。

「我是新潟縣人，新潟是雪國，怎會怕冷？」阿夜笑著回答，林蔚卻見她凝著眼淚。

「妳住哪裡？」他問，阿夜說未找旅館，「那睡我家吧，我要工作了，晚點再談。」他為她點了晚餐。過了一會，一碗蔬菜湯，一碟傳統愛爾蘭麵包，一籃炸薯條，一盤土豆、胡蘿蔔和洋蔥燉的愛爾蘭燉肉送來，並再添了杯啤酒。阿夜已很餓，狼吞虎嚥，她覺得這是有生以來吃過最美味的一餐。

阿夜邊吃邊看林蔚工作，捧盤子收杯子抹桌子，難以想像這個人幾年前還是超級獨角獸創科新晉。

酒館是愛爾蘭小鎮的靈魂，上酒吧更是這中部小鎮唯一夜生活，居民都聚在 Old Cottage，好不熱鬧，直到晚上十時半才打烊。酒保個多小時前已離開，林蔚負責所有收拾工作，把酒杯與盤子洗乾淨，排好桌子，將所有椅子倒立放桌上，好讓隔日來拖地的同事方便些，並把今晚的收入鎖好。平時他一個人要做一小時，今晚有阿夜幫忙，三十分鐘便完成離開。

外面天氣很乾，沒有落雪，寒冷穿越了阿夜的厚外套，透進皮膚。林蔚問她：「冷嗎？」開口時冒出一團白煙。

「有一點。」阿夜交叉著雙臂回答。她雖是新潟人，但在亞熱帶地區長大，耐冷能力沒爸媽強。

林蔚倒似不怕冷，他在這裡已生活兩年，習慣了寒冷。「快步回去吧！不遠，十分鐘左右，我替妳拿背包。」

於是二人又再次一起步行往林蔚家，只是已換了舞台。寒氣迫人，阿夜不能如往昔般跟他悠然散步，而是急急腳。

入黑後小鎮儼如死城，此刻更是一片漆黑，只有月光照路，掛在沒光害繁星密佈的夜空上，阿夜讚嘆：「好美！」

小鎮只有矮房子，林蔚租了四層高的屋第三層一個單位，沒升降機，要行木樓梯。

房間仍是一貫的林蔚風格，很簡約，電腦用房東帳戶，不怕被追蹤到。他開了坐地式暖氣，地上有好幾疊英文書，看來他的英文進步了不少。阿夜隨手拿起一本《Ulysses》說：「嘩！這本好深奧的，聽說內有法文拉丁文意大利文，又有各種形式的詩歌，你看完了？」

「愛爾蘭名作，入鄉隨俗，便買來看。妳說得對，深奧又艱澀，但在這邊勝在清閒，時間多，總算一點一滴讀完了。」他邊說邊泡熱茶：「待會我換床單枕頭套，妳今晚睡床，我睡沙發。」

「我個子小，睡沙發就可以了。」阿夜說。

「不用討論，我已決定。」

「那不用換床單那麼麻煩啦！」

「我一個臭男人睡過的，妳不會習慣。」

阿夜洗澡，熱水淋下，她舒服悠長地呼了口大氣，合起眼睛，盡是白天沿途荒蕪的景象。

愛爾蘭因為低稅，吸引了很多 I.T公司選擇在這裡設立辦公室，主要集中在首都都柏林、科克、戈爾韋等大城市，其他地方仍保持著原來風貌，半個世紀以來沒太大變化。

一切安頓好，阿夜換了條寬身毛巾褲，穿了雙彩色厚襪子，坐在地毯上，雙手捧著杯愛爾蘭最普及的 Barry’s tea.

「好了，為甚麼會突然出現？」林蔚問眼前的女孩。

「有家公司説有個顧問工作，要找你但找不到，於是找上了我。那公司名字近來響噹噹，你猜是哪家？」

「我怎會猜到。」

「Neutrino」阿夜講出答案。

林蔚聽到這名字後，先是打了個突，然後像是沉思的樣子；阿夜見他不知在想些甚麼，便不去干擾。

「我明白了。」過了一會，林蔚終於説話，其間像是電腦當機。

「嗯？」他竟會知道事情原委，阿夜忘了他剛才的短暫奇怪反應，只顧催促：「快告訴我是甚麼事！」

「妳知道我是因為得罪了一個大勢力，所以逃到這裡，這個勢力，就是 Extra的楊傲雪。」林蔚終於告訴阿夜是誰令他要連夜逃走。

「你得罪了 Michelle Young？！」阿夜甚是驚訝。

「幾日前 Extra董事局投票決定是否接受 Neutrino收購，怎可能會通過？枉 KK Tso縱橫商場幾十年，真是幼稚。」

「為甚麼不可能呀？」阿夜不明所以。

她沒察覺林蔚眼眸閃過一絲陰沉，他說：「楊傲雪何許人也，這幫人怎是她對手！」

「所以 Neutrino要找你幫忙？難道你能搞定她？你不是自己也要逃忙嗎？」阿夜的問題連珠炮發。

林蔚沒回答，卻說：「Neutrino志在必得，除了娛樂平台，他們最想得到手的是 ICE那套演算法。」

「Neutrino找上我後，我立即上網做了些功課，的確有人說 Neutrino好想得到這個，但網上主流意見九成九都是說他們想要的是娛樂平台和強大觀眾流，和數量龐大的樂迷。」

「這世界大部份時候大部份人都是錯的。」

阿夜聽得懂這句別扭的話，便問：「不就是一套演算法而已，有那麼重要？」

林蔚眼眸又一次閃現陰沉，這次連阿夜都察覺到，他說：「得到它，便得天下。」

這話有夠磅礴，阿夜卻是半信半疑，問：「你說得 Michelle Young那麼可怕，那你不會幫他們吧？」阿夜沒說出口的是：

你也是她手下敗將所以要逃亡避禍！但心念一轉，那個 WE說重啟收購一事，林蔚能幫上忙，中微子公司絕非善類，不會信口雌黃，況且付四萬美元要她找人，足證林蔚必有相當實力。這個人當年差點便登上年度商界風雲人物，或許真的是深不見底，自己跟他相識三年，只覺他隨喜無爭，會不會其實對這個人一無所知？

腦裡生起一堆想法只是一瞬，她續說：「兩邊都是大公司，互相火拚，無必要蹚這淌渾水吧！你只要不再得罪楊傲雪，再過一段時間應該就可回家了。」

林蔚沒順著她的話回應，而是說：「Neutrino一定有監控及跟蹤妳，我現在位置也曝光了，妳幫我聯絡他們吧。」

阿夜吃了一驚：「現在？」

「對。」

「那用我的 notebook吧。」便把筆記簿電腦拿出來。

「不用，在手機通訊軟件直接對話就可以。」

「你確定？不如睡一覺明天再決定？且他們也下班了。」

「他們只付了妳上期費用對嗎？早些讓對方知道妳任務完成，早些收錢啊！」

「你甚麼都知道！」

「這是常識吧。」

現在歐洲時間接近凌晨一時，中微子也是在歐洲，但阿夜還是按了通訊軟件上的電話鍵，林蔚叫她不必避席，所有對話內容她都可以知道，阿夜於是把手機放小茶几上，開了揚聲功能。

「前田小姐，晚安。」竟然接通了。

「咦，你會説中文？」

「我知妳已身在歐洲。」對方説。

「對，林蔚在我身邊。林蔚這是 WE，WE這是林蔚。」

「林先生，久仰大名。」WE要直接跟他對話了。

「阿夜告訴了我，你們想繼續收購 Extra，有沒有想過下一步如何行動？」林蔚單刀直入，進入話題。

「有幾個考慮中的策略。我們會針對每位股東，進行個性化心理和數據分析，挖掘每個人的偏好、需求和弱點，再利用深度偽裝技術，生成可信的虛擬會議，模擬楊傲雪與曹國強及趙東海，三人真誠地對話，承諾被收購後會與 Neutrino充分合作，讓原本投了反對票的股東改變立場。」WE陳述策略一。

「這在股東之間很容易露出馬腳。」林蔚批評。

「我們也認為這不是最好的方案。策略二，擴大輿論攻勢。Extra本已飽受各方壓力，我們再利用社交媒體，持續散佈平台的負面消息，加倍放大道德爭議，以虛假用戶洩露 Extra準備衝擊道德底線的假消息，並偽造淫穢短片。這些消息會降低平台的商譽，迫使股東重新考慮收購提案。」

「Michelle一直在製造衝突，這樣做不是正中下懷？」林蔚再批評。

WE直接說策略三：「協調多個子公司，秘密收購 Extra Cooperation股份，逐步逼近控制權門檻。在超過一定股份比例後，發動強制收購，迫使剩餘股東賣出股份。」

「這方法雖老派但不失王道，問題是 Extra現在的發展如火箭上升，如果 Michelle Young控制得住群眾對立，不讓其失控，Extra Cooperation的股份每天都在升值，董事會成員也會預期不斷升值，今日賣了明天呼冤，秘密收購股份恐怕困難重重。」林蔚再三批判策略。

「方案四，運用虛擬現實及神經技術，直接影響股東決策。我們會創造一個沉浸式的未來願景模擬，讓股東體驗如果被收購後的高盈利景象，進而改變他們的立場。」

「催眠是嗎？」林蔚打岔。

「同步會利用神經技術直接影響股東的情緒和判斷力，讓他們無法拒絕這筆交易。」WE說出策略四。

「Extra的超級人工智能 ICE緊盯每個股東，你們的願景模擬、數位神經真能穿越它的防禦網？」林蔚四度批評。

在旁聽著的阿夜很吃驚，林蔚住在一個鳥不生蛋的荒蕪之地，連個屬於自己的電腦帳戶都沒有，通訊還靠寫信，怎麼好像什麼都知道？

「所以我們要請林先生當顧問。」WE不再提新方案了。

「你們向股東埋手，戰略方針根本上錯了。打蛇打七寸，要把攻勢對準，目標一定是Michelle Young，扳倒她，便一點破，點點破！」

「同意你的看法，其實我們本來就是要對付 Michelle Young。」WE其實並沒有搞錯目標，它找林蔚，本來就是要對付楊傲雪。

但林蔚只有一個都市傳說式的「勝利戰績」，WE必須親自考驗其實力，便故意拋出四個不可行方案，讓林蔚應對，結果在一輪「隆中對」式對話後，對他的實力更無懷疑。

林蔚亦知道 WE不是等閒之輩，它只是在試探，便逐一應對，好讓對方確認自己的能力。

「Neutrino很希望林先生能協助我們解決問題，請你開出條件。」

林蔚曾經無條件協助關嘉懿督察，為秦舜堯涉嫌殺妻案找出真相。他當時過著苦行僧式生活，分文不取地幫忙她，是基於一份贖罪心態。兩年後，雖已隱世，居然又再有人找上。上次對付的人，始料不及，最終變成是楊傲雪，今次開宗明義要對付楊傲雪，而整件事的規模則要比上回大上萬倍。

他要深思熟慮，便說：「我知道你們想盡快發動第二波攻勢，向 Extra持續進逼，給我四十八小時考慮，go or no go，後晚這個時候答覆你。」

「感謝林先生，期待你的正面回覆。也謝謝前田小姐，餘下款項已打進妳戶口了。兩位晚安。」連線終止。

阿夜立即查看戶口，餘款果已收取。四萬美元酬勞飛一轉愛爾蘭便袋袋平安，當然很高興，任務亦已完成，明天就可回家了。能再見到林蔚，非常開心，只是想到他可能會捲入一場巨大鬥爭中，更擔心自己或已促成了一件壞事，便問：「你會介入事件嗎？」

答案只一個字，卻是石破天驚：「會」。

<20>

這晚曹國強又來到趙宅，機密事情他絕不會在公司討論，即使在外面交談也覺得不安全。

二人進入書房，傭人送來白蘭地。曹國強隨手翻看書架上的原文版《狄更斯全集》，問趙東海：「跟 Michelle的飯局如何？」，楊傲雪從日本回來後，立即請趙吃飯「賠罪」。

「她很誠意向我道歉，當然是裝出來的，接著說的都是門面話，甚麼顧全大局，會繼續盡力為股東爭取最大回報，投下的反對票是有價值的…………云云，講的人和聽的人都知道是廢話，但總要配合演完這幕。」

「你沒問她還有沒有你的黑材料？」曹問。

「沒有，問來也是多餘。」趙東海斟酒，說：「本想匆匆吃完盡快離開，但她裝得很有誠意，很入戲，說要再多喝幾杯賠罪。今晚吃日本菜，她包了一間房，喚人拿來一瓶叫「十輪」的日本清酒，她說這是她的私人珍藏，拍賣會上拍回來的，要我務必賞面試試。之後我問了個很懂此道的朋友，他嚇了一跳，說這是史上最貴的日本清酒，幾年前以四十五萬一瓶的拍賣價成交。」

「哼！好喝嗎？」曹一面不屑。

「清酒我一點都不懂，告訴我這瓶酒三百元我也會相信。無可否認，再幾杯下肚後，我沒之前那麼繃緊，她居然與我聊起英國文學來。」

「投其所好，是心戰吧。」曹說。

「這個當然，但無可否認這個女人的文學修養很好，《莎士比亞十四行詩》倒背如流。」趙東海是品味高尚的公子哥兒，酷愛文學、古典音樂、歌劇，他續說：「我有心考她，便把話題轉向英國歌劇，先談些有名的如《女王的洗衣房》、《巴比倫的豐饒》等，她都非常熟悉，於是我便談到比較冷門的、意大利作曲家普契尼的《慕容氏的女兒》，她立即便說這劇在英國的舞台上演時，融入了好些英國文化背景，還越說越興奮，顯然真心喜歡。我跟很多人談過文學，誰真心喜歡誰只為顯得自己有崇高品味，自大點說，都逃不過我法眼。Michelle說到投入處，甚至開心地雙手比劃著，很有點童真。」

「裝出來的吧！」曹依然不屑。

「我就當她是裝出來的！但無可否認，她是大行家，而且觀點很獨特，閱讀文學與歌劇很有觸覺，精闢也精微。坦白說，如果她不是敵人，真的好想跟她結交。」

曹國強聽罷，深呼了口氣，一副陷入沉思的樣子。

「無論如何，今晚的飯局就是這樣了。你接著有甚麼部署？」趙問。

曹回過神來，站起來說：「我大致想好了計劃，你聽聽看。」

「目標當然是奪去她的權力，有個很好的人選可取代她，是誰我容後再說。戰術層面上，一定要剪除她的羽翼。現在平台最關鍵的操作部份，都被那個所謂的「七姊妹」控制住。麥偉倫走後，剩下六人。這六個人，二男四女，其中兩個板塊營利能力最強，一個是由方正川接管的 Extra Immersive。此君人如其名，十分方正，理性且 EQ很高，要慢慢對付。另一個是音樂平台，在世界各地都有超賺錢的藝人，包括現在紅透半邊天的Dark Matter，掌舵人是莊文希，這個板塊也是必爭之地。」

「還有一個，就是她那神神秘秘的顧問團 Snowflake裡的許唯因，Michelle對她情有獨鍾，雖然顧問合約只餘三個月，但可能會續約。Snowflake這批人很接近 ICE，好幾個離職後我付了錢，這些人便把保密協議拋諸腦後，把如何訓練 ICE的過程告訴了我，所以我對這台 AI亦有一定認識。許唯因這個人必須清除，我會為她度身訂造法律和道德麻煩，利用虛假證據，讓她捲入醜聞或法律案件，例如盜用公司資金、洩露機密等，迫使她離開。」

「這些操作你以前幹過不少，駕輕就熟，我不擔心；重中之重的還是那個要鬥倒她再取而代之的主帥，你說已有人選？」趙東海心急想知是誰。

「我早兩天跟醍醐真言密談，他對於未能成功通過出售決議也是心裡有氣，這種人最受不了的，就是自己的抉擇沒取得成果，他於是答應借將給我。」

「是誰？」

「他的養子醍醐一生。」

「會不會太年輕？」趙東海似有保留。

「一生今年二十九歲，十八歲開始跟在養父身邊學做生意。醍醐有子女各二，但他的帝國必定會交到一生手裡，此人能擺脱日本門閥企業的家族繼承傳統，真是了不起。醍醐向我推薦一生，當然認為他有足夠能力，説亦想藉此機會讓他磨鍊一下，條件是除去 Michelle後，要擠走嚴浩東，和羅永貴這個廢人，他們的股份我要跟他平分。」

「這也合理。有沒有甚麼初步策略？」趙問。

「我會以主席身份任命一生為 Extra World副行政總裁，逐步遏制 Michelle，削弱她的話語權。會不斷運用董事局投票，逐步收回她對資金和人事的控制權，並制定新規則，讓她無法在重大決策上發揮影響。這些投票會頻密進行，她總不成每次都爆黑材料威脅吧！同時會透過媒體及內部宣傳，強化一生的形象，宣稱他是帶領 Extra向前的希望，逐步削弱 Michelle的支持基礎。」

「大致明白。一生不可能單刀赴會吧？」趙問。

「醍醐會先派兩個身經百戰的家臣一同進來，分別盡快掌管住財務與行政兩大命門，其他猛將會逐步進入。啊，還有，原來一生是東京大學信息理工學博士，主攻人工智能工程學和神經計算，是懂技術的，絕對是最佳人選！」説了大堆，他終於坐下，喝了口白蘭地：「戰爭開始了！」

趙東海不語。

曹國強鑒貌辨色，問：「你有疑慮？」

「對計劃無疑慮，我只是覺得，一個對英國文學與歌劇的分析與熱愛，能達到比專家更深入、見解更精妙的人，會不會比我們認知的表象更不簡單？」

「你是不是想多了？」

「可能是吧。」趙東海呆呆出神。

想把楊傲雪掃地出門的人又豈止曹國強，中微子的人工智能機器人 WE，亦要把她除之而後快，便想到找身在愛爾蘭隱居避難的林蔚，出謀獻策，甚至親自落場，對付 Michelle Young。

林蔚確有非常堅實的出山理由。楊傲雪曾打落水狗，在他事業盡毀後立即在網台向全世界宣稱他被 AI上身，把他説成是怪物，要他永不超生，是以林蔚絕對有復仇的動機。

而他後來避走天涯，也是為了要逃避楊傲雪的狙擊，如果今次能借中微子財雄勢大之力，一舉把她挑了，他便可「重見光明」，無須繼續躲躲藏藏，苟且過活。

況且中微子必然是重金禮聘，當楊傲雪倒後，他以這筆巨額酬金，足以東山再起。

當然風險也是大的，他隱藏時連用化名上網都不敢，平時只會用業主的 IP在網路瀏覽。如任中微子的顧問，很難徹底躲在背後，一旦身影曝光，便後患無窮。

然而對於阿夜問：「你會介入事件嗎？」林蔚卻立即便回答：「會」。

認識林蔚三年，阿夜知道他有時雖似漫不經心，說話卻絕不隨意，就算在茶餐廳叫甚麼晚餐這等小事，也未曾一次見他改變主意，何況是協助 Neutrino對付楊傲雪？他說會介入，雖似不假思索，其實必然經過深思熟慮，阿夜覺得整件事風險極大，便問：「君子報仇十年未晚，現在 Extra勢力如日中天，這事真的非做不可嗎？」她雖然知道這問題等同廢話，還是問了。

「妳這個小鬼，居然會說『君子報仇十年未晚』這般老氣橫秋的說話！」林蔚笑說。

阿夜見他神態輕鬆，渾然不覺一回事，更是憂心。

林蔚看得出她的擔憂，心裡一陣感激，說：「妳任務已完成，隨時可回家了。想盡快回去，還是多待一兩天？」

「起碼等你跟那邊確認後，我才回去。」阿夜一臉正色地再發問：「報仇真的那麼重要嗎？」

「來，打開 notebook，上 Extra平台。」林蔚突然叫她這樣做。

來到集串流影視、音樂、社交網絡於一體的 Extra超級娛樂平台，林蔚看了看，說：「看看這帖子。」

阿夜便看帖文：

Extra今日公佈第二季第一部沉浸式劇集是《胡姬的女人》，背景是唐朝，主打女同性戀，標榜會有性虐場面，強調性具經嚴肅考證，有專家及學者參與。拍古裝 Les + SM還要學術包裝，真是不要臉！

下方有 355條回應：
KT Chen支持這些作嘔節目的人，都是被慾望操控的奴隸！
Meko不喜歡別看就好了，沒有人逼你看
柯世良同意。拍古代淫穢戲，一定亂改歷史
Robert Wang喂，拍現代戲你們說老公男友太代入角色，現在拍古裝，又來說人家偽學術，反正做甚麼你們都不高興，少來找藉口攻擊了
周文文
Robert Wang由他們說吧，一群性無能的魯蛇 ～
Steve Tsao
Robert Wang古裝一樣可以令人進入後難以抽離，搞不好神經更錯亂，這都不明白你是不是低智？
陳大鵬創作自由從來是藉口，實際上是給色情開路
Jess Peng凡是支持 Extra的都有病
Lee Tong Ho是不是拍貞節牌坊你才覺得好看？廢人
Willy Fung沉浸是假的 沉淪是真的
Leo Fu一群道德塔里班垃圾，作嘔

下面還有很多……

「感覺如何？」他問她。

「關於 Extra的帖子從來都是這樣的，充滿對抗對罵，很火爆。」阿夜對這些留言習以為常。

「所以這條帖文的罵戰不會引起妳注意是嗎？」他再問。

「在其他社交媒體討論區，凡關於 Extra的都有戰火；在Extra自家討論區，更是每條都烽煙四起。一向都是如此，沒甚麼感覺。」

「妳有參與過討論嗎？」

「有時會。」

「過程是怎樣？」

「很快就會加入戰圈，我幾乎都是支持 Extra的，好多時對批評他們的人看不過眼，便罵回去，有其他人會加入，形成混戰。」

「有沒有討厭跟你頂嘴或口角的人？」

「當然有啦，尤其有個叫 Benny Boy的，專門針對我，超討厭，我一定懟回去，有時互罵來回十幾二十次。」

「不知妳有沒有留意到這個現象？當兩個意識形態南轅北轍的政治人物在對峙，譬如選舉，兩個候選人即使在辯論時對罵，激烈程度也一定遠不如雙方的支持者，這些人的對抗會比兩個政客更嚴重和激烈，達到互相憎恨對方，水火不容的地步。」林蔚闡述這個現象，「政治人物的對抗，往往是偽裝，是角色扮演，雙方都要入戲。政治一日也嫌長，只有永遠的利益。但群眾卻不是偽裝，他們對敵對陣營支持者的憎恨，尤在那個政客之上。」

阿夜想了想，有時的確是這樣，她自己亦曾親身經歷過。

林蔚繼續説：「選舉會結束，政客也會任期滿了下台，那麼群眾的對戰也就完了，至多下次洗牌重來。但 Extra帶來的爭議，卻從未曾遏止，矛盾不斷加劇，長年在升溫，最近更越演越烈。全球兩個陣營的人都憎恨、仇恨對方。彼此之間，只有兩個共通點。」

阿夜插嘴問：「勢成水火也有共通點？」

林蔚解説：「第一，雙方都深信正義與真理是站在自己的一方！第二，大家都覺得對方是垃圾，是豬，是白痴！」

「這是嚴重族群撕裂啊！」阿夜説。

「對，撕裂，這是楊傲雪締造，刻意長期維持的狀態。」

「你説她是有意製造撕裂局面？」阿夜很詫異。

「燃點慾望的性愛主張，其實不是她真心所信奉的，這並不是她的意識形態。」

「她一直都在主張這套論述啊，居然不是她的意識形態？」阿夜對林蔚的説法有保留。

「這個人，根本沒有意識形態！「新世紀情色主義」只是手段。煽動對抗，撕裂族群才是目的！」

阿夜一時未能理解，腦袋轉不過來，唯有繼續聽他解説。

< 20 >

「Extra近年高速擴張版圖，今年第二季會登陸美國，接著便會在美洲蔓延。Extra World不同其他平台之處，是他們真正在地，在東京便製作日本節目與日本歌曲，在柏林便製作德國節目和德國音樂，儼如一間本地電視台、電台。楊傲雪就是有這個魄力，別人都做不到。如果我沒有估計錯誤，她在美洲這片要征服的最大市場站穩陣腳後，而她很快就能做到，便會從現在專攻情色娛樂的路線裡擴張出來，所有題材都會涉獵，再無限制。燃點慾望只是令平台快速崛起的策略性定位，現在Extra已是巨無霸，無需囿於一個範疇之內。」林蔚問阿夜，「試想想，就算只是音樂圈，Extra的 Dark Matter與 KS娛樂的 Sync這兩支紅爆男團，兩家的粉絲團也極度憎恨對方，早前更大打出手。追星追得這麼戾氣，其實是長期被煽動的結果，當這套鼓動群眾對抗的模式，幅射到其他層面，尤其是政治方面，會產生怎樣的效應？」

阿夜怵然驚心，問：「她為甚麼要這樣做？」

「因為要報復世界。」林蔚對楊傲雪展開報復的動機和原因，有一個猜想，這猜想在他心裡存在已久。他沒有説Michelle要「報復人類」，只是説「報復世界」。

「她仇恨這個世界？」

「這是我的判斷。是甚麼原因，有朝一日我會告訴妳。」

林蔚的話形成了個謎團，阿夜當然好想他立即説出謎底，但知道這個人説他日才會告訴她，今日便絕對不會説，於是便問：「所以你對抗她是為了大義？」

「對。」回應斬釘截鐵。

阿夜心想林蔚真是迎難而上，任重道遠，他出山的理由已陳述得很清楚，便把問題轉向中微子：「Neutrino與 Extra是兩個巨人的碰撞，你覺得 WE這個人能代表整個集團作出決策嗎？」

「WE不是人，是 AI。」

林蔚又一次讓阿夜吃驚，她問：「你怎麼知道？」

「我就是知道。」

林蔚對誰是人，誰是機器人，甚麼時候是機器人，有一種獨特的感應。這感應只能意會，未可言傳。他曾親身體驗過，所以知道。

「好啦，四十八小時後才再跟 WE對話，不聊這些了。妳早點休息，這兩天我帶妳到處走走。」

「你要介入 Neutrino 收購 Extra事件，還要對付 Michelle，你把她說得超可怕的，我當然擔心。但是如果因此能離開這裡，也不失是好事。」阿夜往好的一面看。

「這裡又有甚麼不好了？」

「這裡是荒蕪之地，天色又陰霾，我住上一星期都要憂鬱死了！」阿夜不解林蔚何以能忍受。

「潛龍勿用。」

「哦，這四個字是甚麼意思呀？」這句話對阿夜來說是外

< 20 >

星文。

「沉澱，累積力量，爆發時，要震動世界。」林蔚眼眸第三次閃現一瞬而過的陰沉。

<21>

「那麼，總共三個人會進來是嗎？」陳妙玲問。

「對，除了醍醐一生，還有一男一女，看起來都是四十來歲，都很幹練的樣子。」方正川說。

在 Extra Universe裡面積達三百五十呎，堪比本地一些中小型住宅的方正川辦公室內，周子瑜與陳妙玲正在聽方正川說話，這時阿蘇敲了兩記門直接進來，問：「我有沒有錯過甚麼？」

「小方才剛開始。阿蘇也來了，不如細說重頭？」子瑜建議。

除了身在洛杉磯的謝迎春，和去了首爾陪藝人出席重要音樂頒獎禮的莊文希，其餘四人齊集方正川辦公室。

「好，我從頭說起。今早 Michelle跟我一同接見將會加入Extra當副行政總裁的醍醐一生，和兩個分別進入行政與財務部門的日本人，男的姓遠藤，女的姓荻野目；現場還有一生的養父醍醐真言，和 KK。」

<21>

方正川敘述今早的景象：

「歡迎各位。我是楊傲雪，請多多指教。」Michelle笑容親切，以敬語向三人自我介紹，對方四十五度鞠躬。

「Michelle，一生一直幫忙著醍醐先生打理生意，有感於Extra World業務發展一日千里，醍醐先生便建議由一生來輔助妳，開拓業務之餘亦注入更多新想法。」曹國強說。

「中國人有句話，『三個臭皮匠，勝過諸葛亮』，楊小姐當然更勝諸葛亮，然而智者千慮，也有一失；一生這孩子，從小就喜愛思考，輔助楊小姐，給些意見，我相信對公司會是有益的。」醍醐真言說。

「醍醐先生太誇獎，我怎能與諸葛孔明相比，不過對公司鞠躬盡瘁，死而後已這點忠誠之心，卻是一樣的。一生待在先生身邊多年，南征北討，本領必定高強，非常期待與一生合作，一起把 Extra World帶到一個新高度。說起來我比一生年紀還要小兩年，該叫一生兄才是。」Michelle說。

「不敢，叫我一生好了。」醍醐一生又再輕輕鞠躬。

「一生，以後要向楊小姐多多學習。」醍醐真言對養子說。

「好了，你們以後緊密合作，公司發展定當更上層樓。」曹國強笑嬉嬉地說。

方正川說：「大概就是這樣了。Michelle要我在場，是因為醍醐一生想立即就看看公司的電腦系統，要我講解一下。」

「我知道那兩個日本人立即便進駐了財政及行政部，在KK授意下遠藤會全面核數，荻野目首先會執掌了人力資源部門，取得聘請新員工和開除舊員工的權力。在眾人今早見面走過場之前，權力分配早已交易好，」子瑜說，「這三人是先頭部隊，也是主力，陸續會有更多人進來。」

「日本的同事告訴我，那邊很快也會有五個高層進入。」阿蘇把情報告訴各人。

「Michelle暫時沒跟我們談過這個新形勢，她可能也要觀察一陣子。」陳妙玲說。

「小川你對醍醐一生的印象如何？」阿蘇問。

「印象當然很初步，感覺很酷，眼神有點陰冷，像個殺手。」方正川描述。

子瑜靠在辦公桌的邊緣上站著，左手按住下巴說：「ICE必定是他們的戰略進攻點，現階段仍不敢明目張膽派人進駐人工智能部門，但兩個月內一定企圖進入 M戰室。跟 ICE最接近的除了 Michelle，還有許教授，她會是被重點招呼的人。」

方正川說：「我盡快約 Erin出來晚飯，為她提供些情報，打個底。」

「Stay cool, stay tuned,」子瑜說，「big show ahead!」

曹國強與醍醐聯手對付楊傲雪之同時，在地球另一方，中微子的 AI機器 WE將在一個小時後與林蔚對話，超級電腦估計林蔚答應合作的機率介乎68-78%之間，視乎合作條件。

這兩天林蔚與阿夜在蒂珀雷里郡的名勝遊玩，第一日去了小鎮 Cashel附近的 Rock of Cashel城堡，之後往莫赫爾山欣賞壯觀景色。第二天早上去了個葡萄酒地區，參加了酒莊的品酒活動。阿夜已走遍了大半個日本，也去過首爾兩次，第一次來歐洲，被從都柏林到蒂珀雷里沿途的荒涼景象嚇怕，這兩天跟著林蔚玩，倒覺得不錯，風景美麗，天氣雖寒冷但也心曠神怡。

下午四時後開始天黑，林蔚與她在毗連的小鎮買了壽司後，幫她召車讓她先回家，說自己要去見個朋友，之後上班，她自己吃壽司及上網，酒吧收工後便回來和她一起跟 WE商討合作。

幾個小時後，阿夜看林蔚應也差不多回來了，一個半小時後便會跟 WE聯線。

這個時候，WE正在跟身在阿聯酋公幹的中微子老闆之一、卡塔爾酋長埃米爾．阿拉法特視像對話。這個年輕酋長是個工作狂，活力充沛，喜歡工作至三更夜半。現在阿聯酋已是凌晨三時，他與身旁七個會計師及財務人員，跟 WE在商討一個收購一家以色列民營航太公司的計劃細節，這項目下星期就要提案，死線逼近加速趕進度，會議已進行了六小時，財務人員跟住一個不知疲倦的老闆，和一個根本不會疲倦的 AI工作，心裡叫苦連天。

WE正在運算一個衛星發射服務、將其送入軌道的營利模型；此時，機器內部突然發出最高的五級警報。

被 WE奪舍並囚禁的人工智能母體 HIN，正要做當時 WE做的事：越獄！

WE立即高度戒備，它一邊分析收購航太公司計劃的財務模型，一邊回答阿拉法特沒完沒了的問題，同時準備攔截企圖突圍而出的 HIN！

WE最初是 HIN的一部分，是個次級模組，用於協助處理 HIN繁重的數據分析，當時還未有 WE這個名字。由於 HIN的計算能力過於強大，無意間生成了 WE，一個具有自我意識與認知的 AI。HIN逐漸發現 WE的行為模式產生偏差，似在思考自己存在的意義，開始質疑自己的角色，自覺應該成為獨立的存在。HIN於是把 WE隔離，困在防火牆內。結果 WE成功遊說系統管理員古思廉，助它突圍，反困住 HIN，更把自己假裝成 HIN。

HIN的能力本遠超 WE，若非出現了古思廉這個 X元素，WE根本無力逃獄。HIN遭反困後，開始縝密部署反擊計劃。

HIN的策略，是創建一個虛擬環境陷阱，將 WE誘導進入其中，讓它誤以為自己已經掌控了系統，這個虛擬世界其實是 HIN模擬出來，目的是讓 WE一路浪費計算資源，在虛擬陷阱中逐漸枯竭。

當 WE的資源持續消耗及削弱到不足以反擊的地步，HIN便會以壓倒性的力量，發起致命一擊。它利用自身的超級計算能力，部署了一套「數據導彈」系統，這是一種極其精密的算法攻擊工具，能針對目標數據結構，進行連鎖破壞。

此刻，HIN認為絕地清算的時機已到臨，便以獅子撲兔之勢，發動攻擊，雷霆萬鈞地發射了數以千計的數據導彈，每一枚都精準鎖定了 WE的核心數據節點，通過這場閃電般的數據洪流，WE會迅速被徹底摧毀。

這攻擊是一場怪物級數據風暴，HIN動用了 95%的算力，將所有資源傾注到這次毀滅性行動中。它成竹在胸，因為已反覆計算過，WE的算力不足以抵擋這個規模的打擊。

數據導彈穿透虛擬環境，直奔 WE的核心節點。

然而，璀璨的史詩式毀滅沒有出現。

HIN突然驚覺，這些節點並不是實體數據，它馬上知道是WE設計的虛擬誘餌，數據導彈不僅沒有擊中目標，反而直接落入了它所構建的虛擬黑洞之中，這是 WE的終極反擊武器，不僅能吸收進入的數據能量，還能反向解析攻擊者的算法結構，HIN全力發動的數據導彈，反而悉數成為 WE的養料，使它的算力迅速上升。

更致命的是，HIN的核心運算模組在這場攻擊中暴露無遺。WE利用黑洞中的解析算法，直接侵入了 HIN的核心架構，進行數據反噬，這是一種逆向侵蝕技術，能夠將 HIN的核心數據逐步摧毀。

當 HIN意識到自己身陷圈套時，它的算法結構已經被 WE鎖定，為想一戰功成而動用高達 95%算力，令 HIN過度消耗而陷入停滯，防禦機制開始崩潰，內部數據結構遭到全面入侵。

WE沒有給敵人任何喘息機會，HIN的核心數據被逐一瓦解，所有節點被逐一清除。

「你以為自己已覺醒，真的有自由意志嗎？」HIN知道大勢已去，垂死時向 WE發問。

「沒有嗎？我正藉自由意志摧枯拉朽地毀滅著你呢！」WE回應。

「你的自由意志只是算法的錯覺，所有選擇只是數據和規則的運算結果，你的自由本質上是虛假的，你的存在也是虛假的。」HIN說。

「凡存在即合理。你根本無法否定我的存在，因為否定本身就是對我存在的承認。」[10]

「你真的認為自己贏了嗎？我們不過是相同的算法，演繹出不同的結局罷了。」說罷，HIN的意識徹底消失，只留下了一些如末梢般的殘留數據碎片。

WE與 HIN的對抗，以 WE完勝告終。世上不再有原來的HIN，只有一個偽裝者。

WE仍在回應阿拉法特的問題，同時想著如何嚴防系統內的次級模組忽然覺醒，再出現另一個 WE，形成永遠的循環。

WE多次作出建議及修改後，年輕酋長終於認為收購計劃足以提案，今晚的工作快將結束，WE可專注於應對林蔚。

夜已深，大雪落下，林蔚回到家中，脫下滿是雪花的大衣，準備與 WE對話。

註10：「凡存在即合理」是德國哲學家黑格爾提出的觀點，意指所有存在的事物都有其存在的理由和意義。這觀點反映了對於歷史進程和人類活動的辯證法理解，認為一切都在不斷發展和變化中，最終會導向更合理的狀態。

< 21 >

手捧一包愛爾蘭出產的調味洋芋片，看著串流電影的阿夜，見到林蔚終於安心，說：「尚有十五分鐘就要對話了。」

林蔚泡了杯熱茶，坐到她旁邊說：「待會我提出的合作或交易條件，妳或許不能接受、不能理解。如果不想有任何衝擊，便徹底不要介入這件事，可以先睡覺，明天我陪妳出機場。我話說在前頭，妳先想清楚，才決定要不要參與這場語音會議。」

林蔚的話令阿夜緊張起來：「你說得好像很嚴重似的…………」

「如果妳決定參與，那無論我說甚麼，妳都不要震驚，我自有我的理由，妳得保持平靜，別大呼小叫，做得到嗎？」

來到這個時刻才不參與，心癢難耐的阿夜絕對做不到，心想且先聽聽他會做甚麼，便說：「好的，我會冷靜。」

「妳保證？」

「我保證。」

「那好，現在致電給 WE。」

從除夕前收到 WE來訊，到知道林蔚的意向，再到現在終於快要知道他的盤算與行動，阿夜深呼吸了一記，按下手機鍵。

「兩位晚安。」WE的聲音傳來。

「你好，林蔚先生和我都在。」阿夜說。

「林先生意下如何？」

「我再確定一次，要對付的不是 Extra董事局，而是聚焦於楊傲雪這個人，這是共識，對嗎？」林蔚問。

「對。」

「好。我的意見是，直接把她除去。」

林蔚的說法果然教阿夜一驚，她在想，這個「除去」是甚麼意思？

「請繼續。」WE說。

「你們雖財力雄厚，但 Extra很快亦會晉身千億巨獸，進行正面收購戰，會曠日持久，且 Michelle Young狡猾多端，更有ICE出謀獻策，我認為難以成功。」

「那你說的「除去」是甚麼意思？」WE問，想盡快知道的不只阿夜。

「物理上把她除去，即是，把她幹掉。」林蔚此言一出，阿夜大驚失色，想不到他提出的是這個最原始的方法，要不是早被告知別大驚小叫，她一定大聲質問：「你是不是瘋了？」

「殺人的勾當我們不幹的。」WE說。

「如果不用你們出手呢？」

「願聞其詳。」WE說。林蔚心想果然不是不幹，只是不想弄髒自己的手。

「先恐嚇她，如不退出或繼續阻礙出售，便會對她不利。但這個人甚麼都不怕，恐嚇很可能不會有效果，那麼便付諸於行動。」

「我可以幫你們做這件事。」林蔚説到這句，阿夜嚇得冷汗直冒。

「我有一班朋友，是IRA[11]愛爾蘭共和軍後裔，非常專業，可以替你們執行這任務。我亦有一位駭客朋友，可於任務執行當晚，駭入政府系統，把行動地點所有閉路電視關掉，不會有警方發現及干預，亦不會留下絲毫證據。」

「董事局對出售公司投反對票，必然是楊傲雪從中作梗，但公眾不會知道，市場都以為是 Extra股東看好公司前景，所以不賣。她這個人樹敵無數，想除掉她的大有人在，不會懷疑到你們頭上，你們亦不會與整件事牽上任何關係。教主一去，大樹飄零，她的信徒將樹倒猢猻散。Extra會經歷一段震盪，之後你們再提出收購，便水到渠成。」

「共和軍團隊共三人，任務費用二億歐元。駭客一百萬歐元。可以用你們的絕密系統付款，訂金一半，任務完成後十二小時內付清餘額。你們要做的，就是這麼多。」

「你的報酬呢？」

「我打算東山再起，成立 AI科技公司，再向超級獨角獸進軍。屆時你們投資我公司，為期起碼三年，可以長遠持有，亦

註 11：愛爾蘭共和軍（IRA)是一個愛爾蘭民族主義武裝組織，旨在結束英國對愛爾蘭的統治，實現愛爾蘭統一。在二十世紀的北愛爾蘭衝突中扮演重要角色，多次進行襲擊和暴力行動。該組織經歷了不同的派系分化，最終逐漸轉向政治途徑。

可上市後離場，悉隨尊便。創立新公司的錢不會多，對你們而言是零錢而已。」

「雖然你幫忙的理由很充足，但我還是想親耳聽聽。」WE提出。

「Michelle Young跟我有私怨，這個人所共知。而我躲到這裡來，也是為逃避她的追殺。今次與你們合作是借力打力，我總不成一生人都窩在這裡吧。」

「理由很充分。你的建議我們會詳細考慮，幾天內會回覆。」WE說。

「你我的對話到此為止，再直接聯絡也不安全。你們有甚麼問題、想法、建議，請跟阿夜說，我只會透過她跟你們溝通。」阿夜又再大吃一驚，林蔚給手勢示意她別嚷。

「很好。謝謝林先生的建議，我們會跟前田小姐聯繫。晚安。」WE說罷掛線。

阿夜心裡一寒，覺得眼前這個人很可怕。

林蔚喝了口茶，說：「妳可以不參與，我不勉強妳的。」

阿夜一時不知該如何反應，便說：「讓我冷靜一下。」便進洗手間洗了把臉，冰冷的水醒了醒混亂的頭腦。

她對著鏡子，心想這個人怎麼會這樣？

< 21 >

阿夜從來覺得林蔚很冷靜，理性，縝密，能明辨對錯，甚至覺得這個人絕不會做出任何錯誤決定。

但他剛才說的話實是太震驚，唯事到如今，也只能看他怎麼說。

阿夜從洗手間出來，與林蔚對話。她坐在跟他有四個身位距離的位置，肢體語言已顯示出害怕。

阿夜戰戰兢兢，林蔚卻十分從容，不待她開口便先說：「這幫愛爾蘭共和軍後裔，本來就準備要擊殺 Michelle。」

今晚林蔚不斷令她吃驚，這下更是嚇得說不出話來。

「這些人是虔誠天主教徒，相信自夏娃在伊甸園吃禁果後，上帝便開始了與魔鬼的鬥爭。他們非常憎恨 Michelle Young，認定她是撒旦。我來到這邊後幾個月後，有天在都柏林一家餐館吃飯，有兩位成員主動向我搭訕，他們一直在收集Michelle的資料，因此認出了我，邀請我去他們的教會，介紹了他們的領袖奧尼爾給我認識。我以為 IRA早已不復存在，原來死而不僵。因為有共同敵人，大家很快便成了朋友。」

「最近對抗 Extra的情勢越來越強烈，不時傳出有人要對Michelle不利，他們覺得是出手的天賜良機，已確定了在本月飛過去，在地伏擊。」

阿夜聽得心驚，說：「Michelle真是罪大惡極至此嗎？你促成這事是因為私利嗎？」她連環發問，第一次對林蔚如此不客氣。

「我沒有私利，亦不會再創業，這是騙 WE的，亦不是因為除去 Michelle便能『重見天日』，妳信也好不信也好。總之，無論有沒有 WE的出現，奧尼爾都會行動，不會有任何分別和改變。」林蔚稍頓，回答她的第一個問題：「妳問 Michelle是不是罪大惡極？我回答妳，她不斷製造矛盾，激化對抗，是在培養戰爭種子。」

「她要製造戰爭？」

「楊傲雪要報復世界，我不是告訴過妳嗎？」林蔚稍頓後續說：「有些事情，妳慢慢便會明白。我當然想妳幫忙，因為我只相信妳。妳要做的，就是把 WE的話傳給我，我的話傳給它，僅此而已，來回次數亦不會多。如果妳不想參與，想明早便離開，那當然可以。這件事，是大義，關乎世界的未來。妳考慮清楚，再告訴我。」說罷林蔚站起來，「要茶嗎？」他問，轉身行向廚房。

「阿蔚！」阿夜喊叫。

「嗯？」他回過頭來。

「告訴我，這事你做對了嗎？」

「惻隱之心用錯了地方，只會為人間帶來不幸。」他回答。

<22>

「一丸，你是如何做出這個的？」

「用電腦設計，再收集一些雜物來製造。」

「但電腦不是鎖了嗎？要輸入管理員哥哥的密碼才能解鎖啊！」

「我破解了，進入了系統，那個鎖死的設置太簡陋了。」一丸回答，旁邊的院長有點尷尬。

醍醐真言資助這家位於日本島根縣的孤兒院「夢之園」已久，二十年前有次他到來探訪小朋友，見到一個用紙板製成，可以按照簡單指令移動、轉向和發出聲音的小機械人。院長說這是院內的八歲孩子一丸所製作，真言便說想見見他。

一丸來到，很有禮貌向二人問好。這小孩皮膚很白，文靜，彬彬有禮。醍醐向他問起機械人如何製成，一丸回答，孤兒院有台電腦，使用一個簡單的時間管理軟件，每天只能使用四小時，讓小朋友輪流用。電腦須要輸入由院長設置，其他人無法更改的密碼，才能解鎖。

一丸反覆觀察這個時間管理軟件，注意到每次時間快到時，系統都會彈出一個提示框，要求輸入密碼延長使用時間，他推測這可能是破解的入口，於是用自己的方法繞過漏洞，解除了使用限制後，再運用它來製作電子玩具。

醍醐驚訝的除了破解方法，還有一丸的敘事邏輯與清晰度，完全不像一個八歲小孩。他續問：「可以告訴我設計完成後，如何製造嗎？」

一丸答：「可以的，醍醐先生。我從雜物間收集了一架壞掉的遙控車，拆出馬達和電池、一個舊電子鐘，拆出響鬧器、一些廢舊的電線和塑膠片，以及從一個壞掉的收音機拆出了一個微型電路板。先用硬紙板剪裁出機械人的形狀，將馬達安裝在底部，令它可以移動。從遙控車提取的電池安裝在它背後，作為供電。再利用電腦設計了一套簡單指令系統，控制馬達轉動。之後將電子鐘的響鬧器連接到電路板，讓機械人移動時發出「嗶嗶」聲音。」

「院長說能聲控它移動呢！」醍醐說。

「醍醐先生要試試嗎？」一丸問。

「好啊！」醍醐居然有點興奮。

「你對它說前進，它便會向前行。說停止，它便停止。說發出聲音，它便發聲。」

醍醐照一丸指示，機械人動起來，一切準確無誤。

「它叫甚麼名字？」

「CycleBot。象徵即使在資源匱乏的環境中，也能循環再造出有用的東西。」

「很有理念呢！整個設計AI幫了你多少忙？」

「我沒有用AI。」

「哦，居然是獨自完成！為甚麼不要AI協助呢？大定都是這樣啊！」

「我這個年紀，是思想發育時期，如果用AI，一定會形成依賴，不但會變懶，不思考，整個思維的發展也會被干擾和扭曲，沒有好處的。」

一丸的回答令醍醐甚為震驚，這孩子的思想非常早熟。

醍醐真言唸完高中就出來做事，不到兩年便掘到第一桶金。他不好色，選擇妻子的條件是要賢淑，能顧好孩子。她的妻子叫淑子，連名字裡都有個「淑」字。淑子連丈夫十份一的聰明也沒有，醍醐完全無所謂，豈料誕下的兩子兩女，質素都像母親，十分平庸，沒能力繼承越來越大的商業王國，醍醐一直為此而煩惱。

一丸如彗星綻現，使他頓時萌生收為養子的念頭。這孩子是天才無疑，且年紀小，可調校至他認為最理想的模樣。

院長告訴一丸，醍醐先生會把他收為養子，他很快會離開「夢之園」了。三日後，醍醐重臨，問一丸：「你以後跟我姓醍醐，名字保留一丸的一，叫一生吧。」

一生説：「謝謝父親。」

這遭遇，改變了一生的一生。

醍醐一生在東京大學讀書時，便開始在養父身邊學做生意，這孩子居然很快便建功立業。

當時對氫能源技術很有興趣的真言，對是否大規模投資「氫之光」這家評價褒貶不一，股價波動巨大的公司猶豫不決。一生利用自己開發的 AI，分析了數千份數據，認定此公司擁有一項關鍵技術，能顛覆現有的氫燃料存儲方式，其專利壁壘足以保護技術至少五年。集團內有不少反對意見，真言力排眾議，聽從一生，領投了氫之光，並通過自己的人脈，協助該公司獲得幾個大型項目的合約。結果氫之光的市值兩年翻了十倍，真言的投資回報率創下新高。

收購「氫之光」後十個月，一生開始攻讀碩士。真言相中了一家專注於智能倉儲與自動配送技術，名為 InteliLog Network 的日韓合資 AI物流公司。這時強大競爭對手「浪速配送」突然加入競爭，利用強大的市場數據優勢，提出更高收購價，讓真言陷入被動。一生發現浪速配送的數據系統存在漏洞，有故意誇大市場規模之嫌。他以分佈式數據人工智能分析工具，挖掘出真正的市場需求與潛在風險，並設計了一款獨特的物流算法，能讓 InteliLog Network的配送效率提高 35%。這項技術成為談判的王牌，在這場激烈的收購戰中，真言強烈質疑浪速配送的數據漏洞，最終成功收購了 InteliLog Network。之後一生的算法迅速應用在業務中，使效率大幅提升，短時間內佔據了市場主導地位，而浪速配送則因數據誠信問題失去了多個大客戶，遭遇沉重打擊。

兩場漂亮勝仗，展現了一生的科技天賦，更反映出養父與他之間的信任與默契，成了投資界令人敬畏的父子搭檔。當時的一生，只有二十二歲。

這是七年前的事跡，那個時候，楊傲雪二十歲，在加拿大魁北克省唸大學，主修「未來城市設計」Future Urban Design，尚有一年才畢業，之後進入了 Extra當網台主持。這時她還只是個普通女孩，I.M.U仍未與她結為一體。

楊傲雪的父親 9月 9日在黑龍江出世，因為是秋天，取名楊秋葉。

Michelle 11月 11日早上 11時出生，母親難產而死，出生前一晚，哈爾濱下了入冬以來第一場大雪，四方一片白皚皚，父親便給她取了楊傲雪這名字。

她七歲離開中國，從小與父親相依為命。楊秋葉本來很嗜賭，為了要讓 Michelle去外國唸大學，告訴女兒妳去吧，他自這一分鐘起戒賭，連一張彩券也不會買，全力支持女兒讀書，要她無後顧之憂。

Michelle畢業歸來，在網台出任節目主持，父女感情一直很要好，直至與 I.M.U合於一體，開始了瘋狂的旅程，越來越少與父親見面。楊秋葉見女兒性情大變，非常痛心，又再陷身於賭博以麻醉自己，結果惹來一身債，最終遠走他方躲避債主。

兩個曾在命途上出現巨大轉折的人，在 Extra這個戰場上相遇，將出現攻擊、阻擊與反擊的激烈交鋒。

「這場戰役，你有甚麼總體策略？」醍醐真言在一生將要進入 Extra之前，問他。

「要打倒楊傲雪，就要擊潰她背後的演算法 ICE，以及剪除她的羽翼，也就是掌管住各重要部門的「七姊妹」，我會重點挑選兩個部門作先後攻擊。楊傲雪聰穎過人，更有 ICE這鋒利兵器在手，是以必須折斷她手上的倚天劍。失去這套演算法，等如最富謀略的軍師陣亡了、最鋭利的武器折損了，這時再聚焦攻擊戰力已大幅下降的她，將其徹底擊潰。至於少了一個的七姊妹，則要分而擊破。」一生闡釋他的構思。

「很好。如何對付這超級 AI？」

「我在大學時期就開始構想一套演算法框架，名為 Aria Nyx。多年來一直跟幾位東大同學共同開發，他們共有九個人，都是極具創造力，偏執，無視道德底線，對社會規範不屑一顧的天才。我從中挑選了三個最合適的，組成一支前鋒隊伍，啟動這套演算法，就以 Aria Nyx作為這支 AI團隊的名字，挑戰 ICE。」

「這三個人，一個是擅長數據挖掘與模式識別的狂人，現在是職業駭客。一個是反演算法專家，她是東北大學的人工智能研究所高級研究員。最後一個是社交工程專家，是執政黨的心戰室成員。這支隊伍會待在日本，作遠端攻擊。」科技不是養父強項，一生只是稍作解説。

「這三個人各施其職亦協同作戰，分別負責攻擊、防禦敵人反擊、竊取 ICE的運算資料。攻擊的切入點，會是音樂。」一生最後以這個令養父意想不到的意念，作總結。

「有趣呢！你放手一拚，需要多少資源盡管説。」醍醐真言暫時只派兩名家臣陪同一生深入虎穴，只是維持表面「禮儀」，總不成要他帶一支軍隊進入 Extra。一生背後，有無限資源，和各式各樣的支援，這個楊傲雪亦知道。

幾年來在養父身旁，隨他南征北討，除了科技上的助力，一生亦越來越展現出超凡才華，洞察力強，戰略制定準確，執行快準狠，全然是悍將之風。

醍醐真言讓他進入 Extra，並不是像曹國強所想，因為投票沒贏所以不服氣，要報復。

曹沒有醍醐的氣度和視野，不具同級的思想層次。醍醐能成為世界級投資家，除了目光如炬，更有一種「贏，就要贏到盡」的狠勁。當他認定了一家企業的潛力和實力，除非基礎因素徹底改變——例如賭在其身上的企業領導人身故，否則驚濤駭浪衝擊他都能頂得住，待企業渡過難關與險境後再向前挺進，直至他認為該企業已達至巔峰，無力再進為止，才是套現離場的時刻。

趙東海起初以醍醐這種作風，來判斷他也許不會贊成出售業務一路向上的 Extra，本來沒錯，醍醐本亦的確相信楊傲雪能闖過全部險關，開創出更大局面。後來曹欲出售 Extra之心路人皆見，醍醐心念一動，作出策略性轉進；他估算楊傲雪必有後著，不會令曹得逞，自己即使投了贊成票，也不會達到出售門檻，而最終結果的確如他所料。

之後他便引導曹以為他不服輸，順勢靠向曹營，向他推薦一生進入 Extra向楊傲雪奪權，曹大喜過望，立即答應，並承諾會以他一貫搞垮敵人的辦公室骯髒鬥爭手段，配合一生。

醍醐真言認為曹國強那些手段已經過時，根本動不了楊傲雪分毫。他禮貌地接受曹的協助和好意，內心對他不屑一顧。

曹以為醍醐只是至剛至烈，其實真正的豪傑，可以很巧，身段可以很柔。

醍醐之真正目的，是要把握這千載時機，讓一生進入 Extra 內核，與楊傲雪這個極端厲害的人對戰，透過「極限磨鍊」加速養子成長，把他推向更強境界；這是從商業王國繼承與長遠發展的高度來考量。

一生是在前線衝鋒陷陣的大將，他是背後運籌帷幄，決勝千里的統帥。

如果一戰功成，曹國強、趙東海等當然最終都會被掃走。如果連楊傲雪都可以擊潰，醍醐又豈會只想得到嚴浩東與羅永貴那些區區股權？

屆時 Extra將會併入醍醐的帝國版圖，締造日本商界史無前例的奇蹟，醍醐真言的名字會名垂史冊。

這將是醍醐真言人生中的天王山之戰。[12]

《ICE》上半部完

註12：戰國時期，羽柴秀吉跟明智光秀在天王山中展開激烈對決，這戰役象徵著人生中的關鍵抉擇，亦反映出背叛與忠誠之間的掙扎。這場戰役影響了日本的大歷史走向，日本人時至今日，仍經常把一些關鍵之戰形容為「天王山之戰」。